당신은

분명

좋은 사람

계절의
위로

일러두기

작가 고유의 글맛을 살리기 위해 일부 표기와 맞춤법은 작가 스타일을 따랐습니다.

계절의
위로

오늘을 살리는 빛의 문장들

서은 지음

지식인하우스

흔들리고 휘둘리는 나에게—
"살자 살아보자 살아내자"

어떤 날은 독한 말이 가슴 깊숙이 박혀
온종일 마음이 가시밭길이었다.

희망이, 살아야 할 이유가 사라진 날들.
모든 것이 흐릿하고 부서지고 사라진 날들.

전부였다는 말이 거짓이 되고,
영원이라는 말이 거짓이 되었던 계절.

꾸역꾸역, 어쩔 수 없이
시간에 기대어 살아내야 했던 절망의 계절.

그 수많았던 계절을 보내며 알게 된 것은,

때로는 강해서가 아니라,
살아내야 하기에
강해져야 한다.

분명 부족하고,
분명 나약하며,
분명 무능하고,
분명 게으르지만,

그럼에도 나로 살아간다는 것은
모든 것을 받아들이고
다시 용기를 낸다는 의미.

언젠가부터 사람들 사이에도, '틀림'과 '다름'이 존재한다는
것을 알았다. 비록 많은 순간을 맞는 선택보다는 틀린 선택
을, 다른 사람이 아니라 '틀린' 사람이라 평가되기도 하지만,
그 모습 역시 '나'였다.

다시 용기를 내는 것이 맞는 건지, 그 용기가 삶을 어떤 방향으로 흘러가게 할지 아직은 알지 못한다. 다만, 오늘의 용기가 누군가의 계절을, 희망으로 물들이기를. 지난 계절이 내 마음속에 고이 심어 준 위로의 단어들을 꺼내 말해 주고 싶다.

다시
용기 내어 살다 보면,
분명 강한 내가 되어 있을 거라고.

당신은 분명 좋은 사람이라고.

차례

1장

봄의 위로

"반드시 피어날 거야"

봄의 위로

"반드시 피어날 거야"

봄은 기어이 포기했던 단어들을 좋아하게 만든다. 그리고 인생의 빈칸을 제법 대담하게 물들인다. 희망, 피어남, 설렘, 찬란함. 비록 또 그렇게 지나가 버릴 계절이지만 봄은 다시 꿈을 꾸게 만든다.

001

봄의 꽃처럼

꽃비를 맞으며 한참을 걸었다.
흩날리는 꽃잎 하나가 살포시 손 위로 내려앉았다.

손을 휘저으며, 잡으려 애써도 쉬이 잡히지 않던 꽃잎이었다.

'어쩌면 산다는 것이 이런 걸지 몰라.'

아무리 마음이 가는 사람이 있어도,
아무리 마음에 품은 꿈이 있어도,
억지로 되는 일은 없었다.

봄은 말한다.

아무리 아파도,
인정하고 받아들여라.

한철이나마 찬란하게 피고 지는
봄꽃처럼 살아내라.

봄의 꽃처럼.

'나'로 살아간다는 것

인생에
정답은 없다.
선택만 있을 뿐.

다른 사람의 평가가 뭐라고, 타인의 기준으로 나를 평가하게 되는 날이 많았다. 인생에는 정답이 없다는 말에 동의하면서도, 늘 내 선택이 틀린 답인 것 마냥 호들갑을 떨며 아파했다.

구김살 없이 살고 싶었지만, 생각과 반대로 가는 게 인생이다 싶었다. 울어봐야 달라지는 것이 없다는 것을 알았을 때 알게 됐다. 아파하는 날이 늘어도 달라지지 않는 것은 '나'로 살아

야 한다는 것. '나'로 살아가는 것을 포기할 수 없다는 것. 그
것이 때로는 인생의 발목을 잡고, 포기를 강요해도.

살면서 틀린 선택을 더 많이 했대도,
틀리지 않았다. 틀린 인생은 없었다.

지나갈 인연이다

누군가와 만나고 인연을 맺는다.
그 인연 중에는 다정한 이가 있다.
그 인연 중에는 사나운 이도 있다.

하지만 이제는 안다. 나 역시 누군가에게
다정한 이일 수도, 사나운 사람일 수도 있다.

그럼에도
틀린 사람은 없다. 다만 서로 맞지 않을 뿐.
이제는 굳이 지나간 사람을 마음에 담지 않는다.
다만 이렇게 말해 준다.

'겁먹지마.

그냥 지나갈 인연이야.'

세상에 모든 마음은 애절하다

◇◇◇◇◇◇◇◇◇

늘 "잘"이라는 말이 발목을 잡았다.
〈잘〉 살고, 〈잘〉 하고, 〈잘〉 먹고, 〈잘〉 자고...

"잘"이라는 부사가 인생에 끼어들자,
내 삶이 아주 시시해 보였고,
타인의 삶과 비교하는 날이 많아졌으며,
죄책감에 시달려 옴짝달싹 못하게 되는 날이 늘었다.

결국 포기하기로 했다.
"잘" 해야 한다는 마음을.

오늘은, 잘 살지 못해도 귀한 시간이다.

삶은, 잘 해내지 못해도 귀한 시간이다.

세상에 귀하지 않은 시간은 없다.

살아야겠다는 마음으로

∞∞∞∞∞∞

부족하면 부족한

나 그대로를

사랑할 것

생각해 보면, 부족하지 않은 순간은 없었다. 하지만 그럼에도 살아야 했다. 잠시 주저앉아 망연자실해도 앞으로 가야 했다. 포기하고 싶은 순간은 늘 많았다. 하지만 그럼에도 살아내야 했다. 나를 사랑하는 사람이 세상에 단 한 명만 있어도, 살아야 하는 이유는 충분했다. 나를 사랑하는 이가 나쁜이래도, 살아야 하는 이유는 충분했다. 그걸로 충분했다. 충분하다. 그것이면 되었다.

번아웃을 이겨내려면

1. '어설픈 착함'은 버려라
내 마음 하나 못 챙기는 착한 사람 콤플렉스에서 벗어나야
한다.

2. 미뤄 둔 '관계'를 정리하라
억지로 끌고 가던 인간관계를 정리하는 것을 두려워하지 말
아야 한다.

3. '할 수 없음'을 인정하라
아무리 노력해도 할 수 없는 일이 있다는 것을 받아들이고,
할 수 있는 일에 집중해야 한다.

4. '휴식'을 두려워마라

인생과 일에 쉼표를 찍어야 하는 순간을 미루지 말아야 한다.

5. '나만을 위한 공부'를 하라

흔들리고 어지러운 마음을 다잡아줄 공부로 지친 마음을 채워야 한다.

번아웃은 누구에게나 찾아올 수 있다. 실력이 부족해서 찾아오는 것이 아니라 오히려 그 누구보다 더 열심히 살았기에 찾아온 것임을 잊지 말아야 한다.

분명한 건,

누군가는 절망 속에서도 빛을 발견하고,
누군가는 어둠 속에서도 길을 만든다.

문장이 빛이 되는 순간

∞∞∞∞∞∞∞∞∞

프랑스 정치가 가스통 피에르 마르크는 "무슨 답을 하는지 보다는, 무슨 질문을 하는지를 통해 사람을 판단하라."라고 했다. '나는 어떤 질문을 던지며 살고 있는 사람일까?'라는 궁금증이 들 무렵, 『코스모스』의 작가 칼 세이건의 문장이 눈에 들어왔다. "모든 질문은 세상을 이해하려는 외침이다." 이 문장 앞에서 얼마나 많은 시간을 머물렀는지 모른다.

몇 번의 필사를 거듭하고 나니, 잘게, 잘게 부서져 흩어져 있던 마음의 조각들이 보이는 것 같았다. 그리고 잘만하면 그 조각들을 이어 붙일 수도 있을 것 같았다. 글을 쓴다는 것은, 그것이 어떠한 형태이든 분명 고단한 일이지만 내 안에 숨어든 빛을 발견하게 되는 순간이다. 매일매일 나를 괴롭히던 수 많은 질문들을 빛으로 만드는 순간이다.

008

끊어내야 하는 관계가 있다

◌◌◌◌◌◌◌◌◌◌

「지금 우리 학교는」을 보고, 뒷맛이 씁쓸해 며칠을 잠들 수 없었다. 가상의 이야기라 해도, 엉망으로 틀어져 버린 세상이 결국 상처 입은 인간관계에서 출발했다고 생각하니, 덜컥 겁이 났다. 누군가의 이름 모를 증오와 맞닥뜨린다면 나는 살아남을 수 있을까? 야수처럼 으르렁거리던 생각이 잦아들자, 노트북을 켜고 인간과 관계 사이에 쉼표를 찍는다. 쉼표를 찍는 것만으로도 잠시 숨을 쉴 수 있을 것 같았다.

점점 모르겠는 게 사람이고,

점점 어려운 게 관계이다.

살면서 누군가를 완벽하게 이해하는 것이 가능하긴 할까? 누군가를 이해해야만 온전한 관계를 맺을 수 있는 걸까? 이런 관점에서 들여다보니 내 인간관계는 3가지로 정리됐다. 친구 혹은 적, 또는 친구도 적도 아닌 지나가는 인연.

두 사람이 물속에서 누가 오래 숨을 참나 내기를 한다. 상대방이 친구라면, 나는 친구에게 내기를 질 수도 있겠다 싶다. 상대방이 적이라면, 아마도 필사적으로 숨을 참고 내기에서 이기려고 기를 쓸 것이다. 친구도 적도 아닌 상대라면, 사실 내기에 이겨도 져도 상관이 없다.

이렇게 생각하니 이런 결론에 다다른다. 좋은 관계는 마음을 병들게 하지 않는다. 어린 왕자에게 '관계'를 설명하는 여우의 말처럼, 좋은 관계라면 누군가에게 '길들여진다는 것'이 나쁘지 않을 듯하다.

분명 살면서 많은 사람에게 상처받고, 아팠을 것이다. '왜 저럴까' 싶게 이해할 수 없는 누군가가 있었고, '왜 저렇게 밖에 살지 못할까' 누군가를 평가하기도 했다. 하지만 생각해 보면 그렇게까지 할 필요는 없었다.

사람들은 인간관계에 대한 해법을 궁금해 한다. 하지만 냉정하게 말하자면, 인간관계를 완벽하게 해결할 수 있는 사람은 없다. 세상의 모든 사람이 친구인 이도, 세상의 모든 사람이 적인 사람도 존재하지 않는다는 말이다.

어느 순간부터 인간관계에 어려움이 생기면, 이런 기준으로 생각한다. '이 사람이 내 인생에서 나만큼이나 중요한가?' 이기적으로 들릴 수도 있겠지만, 나에겐 이 질문이 효과가 있었다. 누군가를 억지로 이해하려 노력하거나, 억지로 오해하려 왜곡하거나 하는 행동을 하지 않게 됐다. 딱 내가 견뎌낼 수 있는 무게만큼만 관계를 맺게 됐다. 그리고 조용히 인간과 관계 사이에 쉼표를 적어 놓는다. 당신과 나, 친구가 될 수 없어도 서로에게 야수는 되지 않기를 바라는 심정으로.

인간관계 때문에 고민이라면, 차라리 끊어내라 말해 주고 싶다. 죽기 살기로라도. 끊어내야 하는 관계가 있다. 다시 한 번 말하지만, 좋은 관계는 마음을 병들게 하지 않는다.

009

"왜" 사는지를 아는 사람

하루하루, 꾸역꾸역 살아간다. 딱히 허기가 지지 않아도 끼니를 해결하는 모양새다. 해가 뜨면 기계적으로 일어나 출근을 하고, 해가 지면 집으로 돌아오는 식이다. 무의식적으로 커피 쿠폰을 채우듯 그런 날들이 빼곡해질 때 즈음이었다. 헤밍웨이의 「노인과 바다」를 다시 읽게 된 건.

> 84일째, 한 마리의 물고기도 낚지 못하는 늙은 어부 산티아고. 사람들은 물고기를 낚지 못하는 어부 노인을 무시하고, 수군댄다.
> 85일째, 노인은 다시 희망을 품고 바다로 나선다. 수많은 물고기 떼를 가로질러 깊은 바다로 노를 저어 나간 노인 앞에 드디

어 거대한 크기의 청새치가 나타난다. 청새치를 잡기 위해 낚싯줄을 단단히 틀어쥔 노인은 낚싯줄에 손이 패여도 청새치를 포기할 줄 모른다. 장장 사흘간의 사투 끝에 결국 작살로 청새치의 심장을 멎게 하며 노인은 승리한다. 배의 크기보다 큰 청새치를 배에 단단히 묶고 항구로 향하는 노인. 하지만 금세 피냄새를 맡고 쫓아온 상어에 의해 청새치의 살이 갈가리 찢긴다. 하지만 노인은 허기진 상어 떼의 공격에 속수무책일 수밖에 없었다. 결국 항구에 다다랐을 때, 노인에게 남은 것은 앙상하게 남은 청새치의 뼈와 머리뿐이었다. 청새치를 망연자실한 눈으로 바라보며 노인은 이렇게 말한다.

"하지만 인간은 패배를 위해 태어난 존재는 아냐.
인간은 파멸될지는 몰라도 패배할 수는 없어."

어둑해진 항구는 고요했다. 지칠 대로 지친 노인은 돛을 돌돌 말아 어깨에 짊어지고, 집으로 무거운 발걸음을 옮긴다. 오두막 침대에서 곯아떨어진 노인. 다음 날 노인은, 유일한 자신의 벗인 소년 앞에서 울음을 터트린다. 그리고 다시 곯아떨어진 노인은 아프리카의 사자 꿈을 꾼다.

삶을 대하는 태도가 늘 문제였다. 문제점을 안다고 해도 달라지는 것은 없었다. 오히려 꾸지람을 듣는 아이처럼, 강하게 반발했다. '삶이 나한테 냉정한데, 나만 삶에 다정해야 되는 게 맞아?'라며 되받아쳤다. 잘 살지 않아도 된다는 식의 핑계는 매일 늘어갔고, 불평불만은 눈덩이처럼 쌓여만 갔다.

'잘 살고 있는 거냐?'
'잘 사는 게 뭐가 그렇게 중요해. 그냥 살면 되지?'

「노인과 바다」는 어니스트 헤밍웨이의 마지막 작품이다. 54세의 나이에 쿠바에 도착한 헤밍웨이는 작품 속 노인과 꽤 닮아 있었다. 84일째, 물고기를 잡지 못하는 어부와 같이 그 역시 슬럼프에 빠져 있었다. 하지만 그는 그의 작품 속 노인처럼 포기하지 않고, 「노인과 바다」를 탄생시키며, 퓰리처상과 노벨문학상의 영광을 안는다.

「노인과 바다」를 읽고, 조금은 조급해졌다. 무엇인가, 특별하고 남다른 일을 해야겠다 싶었다. 그렇게 나는 성당에서 카페 봉사를 시작했다. 일주일에 한 번, 커피를 앞에 두고 담소를 나누는 사람들의 이야기를 엿듣는다. 커피를 마시고 나가는 길에 한 노인분이 다정한 인사를 전한다. "덕분에 행복한 시간 보내다 갑니다. 고생하신 자매님들의 하루가 평화롭기를 빕니다. 내일 또 봐요." 참 기분 좋은 인사였고, 오래오래 기억에 남을 인사였다.

사실 잘 살고 싶다는 생각은 꼭 거창할 필요는 없다. 언젠가부터 나는 "오늘도 잘 빌려 쓰겠습니다."라는 생각을 한다. 내가 가진 것, 나의 오늘과 오늘을 채울 에너지, 그 모든 것이 내 것이 아니라, "빌려 쓰고 있다"라고 생각하면 정말 소중하게 잘 써야 할 것 같다는 생각이 든다.

"〈왜〉 살아야 하는지를 아는 사람은 그 〈어떤〉 상황도 견뎌 낼 수 있다."는 니체의 말처럼 오늘을 잘 살아야 하는 이유와 삶의 목적을 생각하며 단단해져 보기로 했다. 누군가 혹은 내가 다시 "잘 살고 있는 거야?"라고 묻는다면, 당당하게 "잘 살고 있습니다."라고 답할 수 있는 날까지.

010

긴 희망의 시작

한 사람의 인생을 문장으로 발견하고, 그 삶을 통해 마음의 힘을 키울 수 있다면 그보다 더 좋은 여행은 없을 것이다. 잠들 수 없는 날이 늘어나자, 두통이 끊이지 않았다. 온 몸의 세포 하나하나가, 항의를 하는 것만 같은 날의 연속이었다. 몽롱해지는 정신을 가다듬으며, 의미 없이 기사를 훑어보던 중 눈에 띄는 기사를 하나 발견했다.

— 시인 마야 안젤루, 흑인 여성 최초로 미 25센트에 새겨져

처음 마야 안젤루의 이야기를 알게 됐을 때, 나는 그보다 슬픈 이야기를 기억해 내지 못했다. 세 살배기 흑인 소녀 마야

는 부모의 이혼으로, 그 당시 인종차별이 극심했던 아칸소 주 스탬프스로 보내진다. 다행히 할머니의 사랑과 보살핌 속에 잘 성장하게 된 마야. 하지만 잠시 엄마와 함께 지낼 수 있었던 7살의 마야에게 사건이 벌어지고 만다. 엄마의 남자친구로부터 성폭행을 당하게 된 것이다. 그녀는 그녀의 많은 작품에서 이 부분을 꽤나 담담하게 이야기하고 있지만, 그 시기의 충격과 공포로 5년 동안 실어증에 걸리고 만다. 그 이후에도 마야의 인생은 순탄치 않았다. 십대에 미혼모가 되고, 이후 만난 남자친구에게 납치와 스토킹, 심한 폭행을 당하며 큰 상처를 입게 된다.

"그렇지만, 나는 공기처럼 일어설 것입니다."

그녀는 포기를 몰랐다. 트럭 운전부터 웨이트리스, 요리사, 댄서, 가수, 심지어 매춘까지, 닥치는 대로 일을 하며 힘들게 아들을 키웠다. 시대는 그녀에게 냉정했고, 삶은 그녀에게 혹독했다. 〈성폭행〉, 〈미혼모〉, 〈납치〉, 〈스토킹〉, 〈데이트 폭력〉, 그리고 생계를 위한 〈매춘〉.
한 여자의 인생에서 일어난 일들이라고 보기엔 너무도 잔인한 사건들. 하지만 그녀는 자신의 이야기를 소설로 담은 「새장에 갇힌 새가 왜 노래하는지 나는 아네」를 발표하며 41살의 나이에 베스트셀러 작가가 된다. 이후 가수, 작곡가, 극작가, 배우, 프로듀서, 인권운동가, 저널리스트 등 다양한 분야에서 왕성한 활동을 벌였다. 2014년, 86세의 나이로 세상을 떠났지만, 지금까지 미셸 오바마, 오프라 윈프리 등 전 세계인들의 멘토로 기억되고 있다.

'나라면 어땠을까?' 상상할 수도 없는 묵직한 질문을 나에게 던져 본다. 분명 우문愚問일지는 몰라도, 우답愚畓으로 이 물음을 끝내고 싶지는 않았다.

　　"여기 들어오는 자여, 모든 희망을 버려라."

단테의 「신곡」, 지옥의 입구에 쓰여 있는 문장이다. 나는 어려운 순간마다 이 문장을 떠올린다. 인생이 폭풍우 같은 시련을 나에게 보낼 때마다, 희망의 불꽃이 아슬아슬하게 사그라지려고 할 때면 어김없이 이 문장을 떠올린다. 희망을 버린다면, 그것은 살아도 지옥에 있는 것과 같은 것이리라 믿기 때문이다.

삶은 생각보다 희망적이지 않다. 삶은 분명 차갑고, 냉정하고, 혹독하며, 무지막지하다. 하지만 그럼에도 불구하고 희망하는 것을 포기하지 말라고 조언하고 싶다. 많은 사람들이 자신의 삶으로 증명해 보였다.

마야 안젤루의 삶이 그랬고, 오프라 윈프리의 삶이 그랬으며, 오늘을 살아가고 있는 당신과 나의 시간이 그렇다. 그리고 언젠가, 반드시, 희망을 증명해 주리라 믿는다.

011

사랑과 사고의 차이

계절은 봄이었고, 누군가에게 첫눈에 반할 수 있음을 알게 해준 사람이 있었다. 그 시절에는 계절에서조차 달콤한 향기가나는 것 같았다. 벚꽃나무 아래를 걸으면, 딱 이런 향기가 나지 않을까 싶은 그런 향기가 나는 계절이었다. 하지만 마음과는 달리 시간은 무심하게 흘렀다. 다시 봄이 찾아왔을 때, 누군가 내게 어렵게 말을 꺼냈다.

"정신 차려. 그 사람은 너를 사랑하지 않아."

한 사람의 마음이었을 뿐인데, 다정하지 않은 그 마음을 인정하기까지 꽤 오랜 시간이 걸렸다. 하지만 결국 알게 됐다. 그 시절의 감정은, 사랑이라기보다 사고에 가까웠다. 깜빡이도 없이 갑자기 훅 치고 들어오는 어느 차와 접촉 사고가 난 것과 같은 돌발 상황이었을 뿐이다. 어쩌면 나는 '사랑'이라는 감정에 잠시 '취해' 있었는지도 모른다.

내가 사랑했던 것은,
그 사람이었을까?
그 계절이었을까?

지나갈 것 같지 않았던 시간이었다. 흘러간다 해도 잡고 싶지 않은 시간이었다. 붙잡을 수도, 기다릴 수도 없는 그런 마음이 조금씩 가라앉을 즈음, 보게 된 영화 「클로저」. 영화 속 한 장면이 남아 있던 감정의 불씨에 찬물을 끼얹었다.

"사랑해." 떠나갔던 남자가 돌아와 여자에게 고백한다. "사랑이 어디 있는데?" 조금은 맥이 빠진 듯한 표정으로 여자가 답한다. 그리고 이렇게 덧붙인다. "사랑은 볼 수도 만질 수도 느낄 수도 없어. 그냥 몇 마디 들을 수 있을 뿐이지만 그 공허한 말로는 아무것도 할 수 없어. 당신이 뭐라 하건⋯ 이미 늦었어⋯ 우린 끝이야."

몇 달 후, 나에게도 비슷한 상황이 일어났다. 그 사람이 다시 내 인생에 등장한 것이다. 그리고 다시 돌아오고 싶다고 했다. 그 순간, 영화 속 여자의 마음이 이해됐다. 내 마음도 더 이상 봄이 아니었다.

이제 와서 굳이 지난 아픈 사랑을 말하는 이유는 아주 간단하다. 나는 당신이 사랑 때문에 더 이상 아프지 않았으면 좋겠다. 혹은 사랑 때문에 아파하는 누군가를 만나면 꼭 이렇게 이야기해 주었으면 좋겠다.

"그 사람은 너를 사랑하지 않아."

그 말이 얼마나 아플지, 그 말이 얼마나 원망스러울지 잘 알고 있다. 하지만 이 문장의 완성은, 그 다음에 있다는 걸 조금 더 시간이 지나서야 알게 됐다.

20년이 다 되도록 내 곁을 지켜준 이가 있다. 늘 한결 같지는 않을 수 있어도, 늘 딱 좋은 거리와 딱 좋은 온기로 곁을 지켜주는 사람. 폭풍우 같은 감정은 아니더라도, 조용한 바닷가에 앉아 잔잔한 파도를 바라보는 것과 같은 기분이 들게 하는 사람이다. 그 사람을 만나고서야 알게 됐다.

누군가 다시 내게 "그 사람은 너를 사랑하지 않아."라고 말을 해 주었을 때, 나는 조금은 여유를 부리며 이렇게 되받아칠 것이다. "아니, 그 사람은 나를 사랑해."라고. 사랑은 믿음이다. 그리고 우정이다. 누군가 나의 사랑을 부정했을 때, 지금 나의 사랑의 상태를 가장 정확하게 알 수 있다.

인정하고 싶지는 않아도, 살면서 우리는 많은 사람과 만나고, 사랑을 한다. 그 감정 중에는 사랑도 있고, 사고도 있다. 물론 항상 진지하고, 진실하겠지만, 간혹 사랑이라 착각하게 되는 감정들이 섞여 있게 마련이다.
사랑과 사고를 구별하는 방법은 생각보다 간단하다. 나의 감정이든, 상대의 감정이든 억지로 짜맞추려 하지 않는 것, 나다움과 너다움이 자연스레 서로에게 스며드는 것. 나는 그것이 사랑이라 생각한다.

부디 당신의 사랑은, "그 사람은 너를 사랑하지 않아"라는 말에도 당당하게 "아니, 나는 그 사람에게 사랑받을 만한 사람이야"라고 되받아칠 수 있는 단단한 사랑이었으면 좋겠다.

012

엄마의 상처 난 딸기

봄이 갔다 싶으면, 어김없이 집 안 가득 뭉근하게 익어 가는 딸기 향이 났다. 초여름을 앞둔 엄마의 장바구니는 늘 상처받은 딸기로 가득했다. 빈병들에 딸기가 잼으로 채워질 때면, 어김없이 봄이 끝났다. 그렇게 만들어진 딸기잼은, 옆집으로, 친구의 집으로, 외할머니댁으로 보내졌다.

한 번은 "엄마, 나 이 냄새 싫어. 근데 딸기잼은 왜 이렇게 많이 만들어?" 철없는 어린 딸의 투정에, 엄마는 잠시 망설이다 이렇게 말씀하셨다. "외할머니가 엄마가 만든 딸기잼을 좋아하셔…." 나이가 들어서야 알게 됐다. 뭉근하게 익어 가는 딸기의 향은 엄마의 외로움의 냄새였으리라.

외로움은 인간의 본능이다. 하지만 그 외로움을 대하는 방식은 사람마다 다르다. 어떤 이는 외로움을 슬픔으로 받아들이지만 어떤 이는 외로움을 있는 그대로 받아들인다. 나는 외로움을 어떻게 다루는 사람일까.

좋은 나무는 나쁜 열매를 맺지 않는다. 또 나쁜 나무는 좋은 열매를 맺지 않는다.

나무는 모두 그 열매를 보면 안다. 가시나무에서 무화과를 따지 못하고 가시덤불에서 포도를 거두어들이지 못한다.

선한 사람은 마음의 선한 곳간에서 선한 것을 내놓고, 악한 자는 악한 곳간에서 악한 것을 내놓는다. 마음에서 넘치는 것을 입으로 말하는 법이다.

루카복음 6, 43-45

이 문장을 발견하고 울고 싶은 기분이었다. 내가 더없이 나쁜 나무와 같이, 가시나무처럼, 가시덤불이라도 되는 듯 느껴졌기 때문이다. 우울한 생각을 지우려 냉동고 청소를 시작했다. 그리고 냉동고 깊은 곳에서, 지난해 엄마가 보내 준 김치통과, 함께 얼어붙은 메모를 발견했다.

"딸, 니가 좋아하는 딸기야. 상처 난 딸기지만, 먹기 좋게 손질해서 얼려 보낸다. 냉동고에 잘 보관했다가 한여름 시원하게 주스로 만들어 마셔. 건강 잘 챙기고, 딸 잘 알지? 넌 참 귀한 사람이야."

엄마가

꽁꽁 얼어붙어 있던 김치통을 끌어안고 한참을 울었다. 엄마가 보내 준 상처 난 딸기가 참 별 볼 일 없던 나를 귀한 사람으로 만들어 주는 순간이었다. 엄마의 당부 대로 상처 난 딸기 한 움큼을 믹서에 넣고 갈아 마셨다. 왠지 영혼까지 달달해지는 듯 했다. 농부가 한철 내내 어렵게 농사지었을 딸기다. 하지만 슬프게도 상처 나고 뭉그러진 딸기는 사람들에게 환영 받지 못한다.

나 역시 상처 난 딸기와 다를 바가 없었다. 상처받고, 뭉그러져 못난 마음을 가진 쓸모없는. 하지만 나는 '상처만 난' 나로 남고 싶지는 않았다. 포기하고 싶지도 않았다. 그래서 나는 매일매일 글을 썼다. 그리고 조심스레 메모지 한 구석에 이런 문장을 추가했다.

— 인연을 귀하게 여길 것!

— 못난 마음일지라도 온기를 나눌 것!

그렇게 마음먹었지만, 외롭고, 상처받는 순간은 꽤 자주 찾아왔다. 다만 달라진 것이 있다면, 그 순간마저 귀하게 여기게되었다는 것이다. 우리는 선택을 해야 한다. 매일매일을 어떤마음으로 살아갈지. 환영 받지 못한 상처 난 딸기가 달콤한위로를 전했듯이, 망가지고 뭉그러져 보이는 아픔의 시간도귀한 시간으로 돌아올 수 있다.

포기하지만 말자. 좌절하지만 말자. 삶은 외로울 수는 있어도포기해서는 안 되는 것이다. 우리는 좌절하려 태어난 것이 아니다. 우리는 모두 귀한 사람이다.

013

번아웃입니다만

∞∞∞∞∞∞

살면서 나를 괴롭히는 많은 것들을 마음속 우물 안에 버렸다. 아니, 버렸다고 여겼다. 하지만 버린 것이 아니었다. 쌓여가고 있었을 뿐. 결국 쏟아낸 감정들이 넘쳐흐르는 날, 나는 꽤 한참을 이러지도 저러지도 못하고 감정의 우물 앞에서 우물쭈물하게 됐다.

어떤 이는 그것을 '번아웃'이라고 했다.

어쩌면 '번아웃'이라는 용어의 핵심은 감정 낭비일지도 모른다. 감정도 체력과 같이 일정한 값이 있을 텐데, 너무도 끌어모아 사용하고 있는 건 아닐까. 우리는 지친 몸을 보충하는 방법은 알고 있지만, 지친 마음을 보충하는 방법은 도통 알지 못한다.

> 시는 고민 걸어가 때로 붓을 잡았고,
>
> 술은 가슴을 적셔줘 자주 잔을 들었지.
>
> 권필, '희제'

고전한문소설 '주생전'을 지은, 조선시대 문인 권필의 문장이다. 이 문장을 처음 읽었을 때, '번아웃'을 극복할 방법을 찾았다 싶었다. 시와 술은 아니었지만, 나에게는 문장과 커피가 있었다. 나는 매일 문장 속에 산다. 쓰고, 지우고, 읽고, 적고, 보고, 기억하고. 하지만 분명한 건 문장이 늘 편안함을 주는 것은 아니라는 것이다. 문장은 분명 안락한 침대와 같은 포근함을 주기도 하지만, 꽤 자주 사납고 거칠게 나를 진흙탕으로 밀어넣기도 한다.

그럼에도 나는 문장을 찾고, 쓰는 일이 내 존재를 끊임없이 빛나게 하고, 성장하게 만드는 보물찾기와도 같은 일이라 믿는다. 나에게는 문장이지만, 당신에게는 다른 이름일지도 모른다. 어쩌면 그 이름의 일들은 당신의 삶을 시험하고, 지치게 할지도 모르겠다. 늘 자신을 의심하게 만들고, 모진 선택을 강요할지도 모른다.

때로는 치열하게 그 이름 안에서 살아남고자 하고, 가끔은 억지로라도 그 이름 안에서 애쓰고 있을 당신에게 박수를 보낸다. 그리고 지치면 절대 울음을 참지 말라고 말해 주고 싶다. 누구에게도 털어놓지 못할 마음을 자신의 마음에만 묻어두지 않았으면 좋겠다. 감정은 낭비하는 것도, 묻어두는 것도 아니다. 오늘을 느끼고, 느낀만큼만 쓰는 것이다.

말장난을 좀 보태자면, '감정을 너무 쓰면, 오늘이 너무 쓰다.' 생각 대로 되지 않아도 괜찮다. 지쳤다면 그만큼 쉬어가도 괜찮다. 시 한 편을 보고 위안을 받아도 좋고, 그림 한 점을 보고 마음의 평화를 찾아도 좋다. 점심시간에 마시는 달콤한 커피여도 좋고, 퇴근 후에 마시는 시원한 술 한 잔이어도 좋겠다.

오늘의 눈물이, 오늘의 갈증이 당신의 존재를 더 크고, 선명하게 만들어 줄 것이라고 믿는다.

014

다시 사람

살면서 사람 때문에 상처받지 않은 사람이 있을까? 누군가 대수롭지 않게 던진 말 한 마디에 잠 못 이루고, 누군가 아무렇지 않게 해댄 행동에 몇 날 며칠을 끙끙 앓게 되는 그런 날이 있다. 언젠가부터 애써 상처 난 마음을 달래려, 굳이 누군가의 마음을 이해해 보려, '틀림'이라 쓰고 '다름'이라 읽었다. 하지만 그것은 착각이었다. 그럴싸하게 보였지만 불가능한 일이었다. 머리로는 이해할 수 있어도, 가슴으로는 도통 이해할 수 없는 일이었다.

참 외로운 시간이었다.
참 고단한 시간이었다.

누군가를 마음속에서 지우고,

누군가를 마음속에서 죽이는 일.

결국 누군가를 미워하는 일은,

결국 나를 죽이는 시간이었다.

우리는 여러 이유로 상처받고, 상처로 얼룩진 여러 날을 아파하면서 또 그렇게 살아낸다. 나에게도 상처로 얼룩진 날이 많았다. 상처를 털어내기 위해 미친듯이 무언가를 해야 했던 날이 많았다. 그러다 우연히 달라이 라마의 「용서」라는 책 앞에 머물게 됐다. 마음에 쉬이 들여놓을 수 없는 단어와 문장들이 수북한, 제법 무거운 책이었다.

한 장, 한 장 어렵게 앞으로 나아가자 마음이 간신히 정신을 차리는 듯 했다. 달라이 라마가 말하는 용서는, 결국 궁극적인 행복으로 가는 지혜였다. 참 애썼지만 그때는 쉽게 받아들일 수 없었다. 흩어진 활자에 불과했던 그 문장의 마음을 오롯이 받아들일 수 있었던 것은 시간이 한참 흐른 후였다.

사람 때문에 이렇게까지 아파해야 하나 싶은 날이었다. 분한 마음에 잠을 잘 수도, 음식을 먹을 수도 없었던 날. 상처로 얼룩진 시간이 길어지자 온갖 불안의 말들과 증오의 말들을 마음속에 깊숙이 쏟아냈다. 그렇게 쏟아진 불안과 증오의 씨앗들은 무럭무럭 자랐고, 그만큼 크고 깊은 그림자를 마음속에 드리웠다.

인생 첫 종교를 갖게 되고, 6개월이라는 시간의 교리 수업을 받은 후에야, 달라이 라마의 「용서」를 간신히 이해할 수 있게 됐다. 문장에 체한 듯 오래도록 마음에 걸려 있던 문장이 조금씩 소화가 되기 시작했다. '용서'라는 의미를 희미하게나마 받아들일 수 있게 되자, 새로운 문장을 완성할 수 있었다.

상처를 받았다는 것은,
상처를 주었다는 것이기도 하다.

사람 때문에 아파해 본 사람들은 말한다. "지나간 인연일 뿐이야.", "그냥 털어 버려라." 하지만 나는 이렇게 덧붙이고 싶다. 내가 상처받았다는 건, 나 역시 누군가에게 상처를 주었다는 의미다. 나의 상처만큼, 아픔만큼, 누군가도 나 때문에 아팠을지 모른다. 그리고 달라이 라마가 전하는 용서의 지혜가 아니더라도, 오늘의 시간을 언젠가 사라질 누군가를 위해

분노하며 쓰진 말자. 용서는 결국 나를 위한 선택이자, 선물이다. 그리고 나를 위해 다시 다짐해 본다.

나는,
나의 오늘을,
나에게 상처 준 이들에게
낭비하지 않겠습니다.

015

온전히 안녕하기를

◇◇◇◇◇◇◇◇◇

친구!

새로운 계절로 바뀔 때면 조금은 설레는 마음으로 세상을 보게 돼. 너는 지금 어느 계절을 걷고 있니?

"잘 지내고 있는 거지?"

요란한 벨소리와 함께, 일 년 전 내가 묻더라. "잘 지내냐"고. 2018년 봄부터 생긴 버릇이야. 일 년 후 나에게, 알람으로 안부 묻기. 이렇게 알람이 울린 날은, 조금은 진지하게 나에게 묻게 돼.

'아픈 데는 없어? 오늘은 어땠어? 울고 싶지는 않아?'

사실, 요즘 내 마음은 엉망으로 엉켜 버린 실타래와 같아. 어떻게든 풀려고 노력하지만 그러면 그럴수록 더 꼬여만 가는. 깜빡이는 신호등 아래에서도 걸음을 재촉할 수 없는.
잘 하고 싶은 마음이 커서일까. 아니면 아무것도 하고 싶지 않은 마음이 큰 걸까. 그것도 아니면 타인의 시선 안에 나를 억지로 맞추고 있는 걸까?

오늘은 가만히 앉아, 사진첩 속 지난 사진들을 봤어. 내 인생의 작은 점들. 잊고 지냈던 수많은 점들을 잇자, 외롭지만 외롭지 않은 기분이 들었어. 그리고 계절이 바뀌고 있음을 알았지. 빼곡한 마음의 단어들에 불이 켜지자, 기다렸다는 듯이 마음 깊숙한 곳에서 문장을 뽑아낸다.

단단하게 살고 싶은 마음이 커질수록
쓸쓸하고 차가운 마음이 가시지 않는다.

가끔은 내려놓아도 괜찮을 텐데.
때로는 흘려보내도 괜찮을 텐데.

어쩌면 지금 필요한 것은,

단단한 마음이 아닐지도 모른다.

지금은 마음을 흘려보내야 하는 시간이다.

오늘 어떤 마음으로 이 글을 읽고 있든 다 괜찮아. 부서지고 흔들리는 마음이었대도, 다른 사람보다 걸음이 느려 앞사람을 따라잡지 못해도, 감당할 수 없는 벅찬 숙제를 안고 쩔쩔매고 있어도, 몇 번씩이나 같은 자리에서 넘어져 울고 있어도. 다 괜찮아. 지난 시간들이 알려 줬어. 나쁜 게 꼭 나쁜 것은 아니고, 좋은 게 꼭 좋은 것도 아니라는 것을.

지난 계절이 완벽하지 않았어도, 새로운 계절은 분명 너를 따뜻하게 안아 줄 거야.

친구야. 너의 봄을 응원할게. 그리고 난 믿어.
너와 너의 새로운 계절을.

너의 계절은 분명, 온전히 안녕할 거야.

2장

여름의 위로

"반드시 나아질 거야"

오늘은, 슬퍼하라고 있는 시간이 아니다. 후회하라고 있는 시간이 아니다. 미워하라고 있는 시간이 아니다. 슬퍼할 틈도, 후회할 틈도, 미워할 틈도, 없다. 찬란한 여름에는 더 그러하다.

이별에도 용기가 필요하다

바뀐 계절에 맞게 신발을 정리했다.
그러다 한 신발 앞에서 다시 머뭇거렸다.

그 여름에는 계절이 다하도록 그 신발만 찾았다.
그 신발을 신는 날에는 발만큼이나 마음도 가벼웠다.

하지만 몇 번의 계절이 바뀌고 두 해가 지나자,
늘어날 대로 늘어난 신발은 예전의 편안함을 주지 못했다.
결국 어느 날엔가 고집스럽게 신고 나가 발목을 다쳤다.

무엇이든 그런 것이다.

제아무리 편안한 신발도 시간이 지나면 처음과 같을 수 없다.

하지만 정작 문제는 신발이 아니었다.
늘어난 신발조차도 정리하지 못하는 내 마음이 문제였다.

오늘도 발에서 겉돌기만 하는 그 신발을 신고 나왔다.
하지만 오늘은 달랐다. 그 신발과 나는 작별 인사 중이다.

퇴근 후 미뤄 두었던 신발장 정리를 마무리하려 한다.
언젠가 작별하는 모든 마음에 익숙해지기를 바라며.

어른이 되어야 한다면

선택은 늘 후회를 동반하며,
인생은 늘 상처와 함께한다.
그렇게 후회하고, 상처받으며
우리는 또 그만큼 어른이 된다고 믿는다.

그러나 간혹 얼마나 더 아프고 후회해야 어른이 될까?
혹은 어른이 되는 것이 정말 좋은 걸까 하는 의심이 든다.

그럼에도 불구하고, 어른이 되어야 한다면
내 모습을 인정하고, 내 선택을 존중하며, 내일을 용기 있게
살아내자.

타인을 이해한다는 것

타인을 이해한다는 것은 무엇일까? 가능하긴 한 걸까? 생각해 보면 누군가를 오해하게 되는 경우는 일상에서도 꽤 많다.

가까이 들여다보면,
사연 없는 사람 없고
용서하지 못할 사람 없으며
이해하지 못할 이도 없더라.

타인을 이해하는 것은 결국, 순간순간의 나를 이해하는 것일지도 모른다. 타인을 이해하는 것은, 어쩌면 삶을 조금은 느긋하게 살아가는 방법일지도 모르겠다.

받아들여야 하는 순간

우산이 없으면 없는 대로
계절이 바뀌면 바뀐 대로
우울하면 우울한 대로
불편하면 불편한 대로
게으르면 게으른 대로
분주하면 분주한 대로
부족하면 부족한 대로

한 번쯤은 그 무엇도 의심하지 않고, 불평하지 않고,
곧이곧대로 받아들이고 인정하면서 살고 싶다.

살아야 한다

◇◇◇◇◇◇◇◇◇

인생은,

포기한다고 포기할 수 있는 길이 아니며,
실낱같은 희망만으로도 지켜내야 하는 것이다.

후회도 습관이다

◇◇◇◇◇◇◇◇◇

누군가 물었다.

"인생의 어느 순간으로 돌아가야 후회하지 않을까요?"

아무리 생각해도 그런 순간은 없었다.
아무리 생각해도 그 답을 알지 못했다.

다만 확실한 것은,
오늘의 후회를 반드시 후회할 거라는 것뿐.

소화시키지 못하는 언어들

나이가 들어도, 괜찮아지지 않는 것은 늘 있었다.
괜찮다고 말해도, 괜찮지 않은 것은 늘 있었다.

두고두고 되새기게 되는 말들.
가슴에 콕 박혀 생각할수록 통증이 되는 말들.

소화시키지 못하는 언어들은 일상 어디에나 있었다.
그냥 지나칠 수 있을 것도 같지만 넘길 수 없는 말들.

문득 이렇게 살 수는 없겠다 싶었다.
나를 위해서 이렇게 살면 안 되겠다 싶었다.

결국 소화시킬 수 없는 언어들과 타협을 시작했고,
이렇게 생각하며 살기로 했다.

칭찬은 나를 빛나게 하지만
비방은 나를 단단하게 만든다.

버려진 시간

◇◇◇◇◇◇◇◇◇◇

느긋한 것과 느슨한 것은 분명 다르다.

이제는 느긋하다는 핑계를 대며,
느슨하게 늘어져 있을 겨를이 없다.

계절의 이유

○○○○○○○○○○

피할 곳 없이 오롯이 태양을 받아 내는 나무는
한여름 태양 아래 뿌리를 더 단단하게 내린다.

한여름은
나무가 뿌리를 단단하게 내리는 시기이기도 하다.

더 늦기 전에 물어봐야 할 것들

∞∞∞∞∞∞

나는 오늘 나에게 친절했을까?

나는 꿈을 위해 최선을 다했나?

나는 오늘 사랑하는 이에게 따스한 말을 건넸을까?

나는 오늘 누군가를 미워하며 시간을 낭비하지 않았나?

나는 오늘 타인에게 무례하거나 오만하지 않았나?

나를 매일 굳건하게 지켜낸다는 것은

어쩌면 거창한 것이 아니라

나에게 매일 묻고 답하며

일상의 물음표를 채워 나가는 것

이미 충분한 당신께

이미 충분한 오늘이다.
이미 충분한 당신이다.

충분해서 특별하고
특별하지 않아서 충분한

그런 당신이다.
그런 오늘이다.

가장 나다운 날

○○○○○○○○○

일기예보에서 '장마'를 예고했다. 나는 늘 비 소식이 반갑다. 축 처진 화분에 물을 주듯, 창가에 멍하니 앉아 빗소리를 들으며 마음의 갈증을 해갈하곤 한다.

언젠가부터, 빗소리를 들을 때만큼이나 멍하니 바라보게 되는 것이 있다. 바로 그림이다. 특히 빈센트 반 고흐의 그림 앞이라면, 사족을 못 쓴다.

처음에는 내가 뭐라고, 그가 측은하게 느껴졌다. 그 측은함이 그림의 강렬한 색감과 겹쳐지며 짠함이 몰려왔다. 처음부터 그런 건 아니었다.

사실 몇 해 전, 배낭여행을 하면서 파리 오르세 미술관을 갈 때만 해도, 그의 작품들을 실물로 볼 수 있었음에도 그렇게 큰 감흥을 느끼진 못했다. 마음이 바뀐 건, 책 속 한 문장 때문일지도 모른다.

그의 편지가 담긴 「영혼의 편지」 속, "희망을 가지려 합니다." 라는 문장과 다음 페이지에 나온 하얀 아몬드 꽃이 만개한 그림 한 폭, 때문이리라.

그림을 잘 알지 못한 나였지만, 빈센트 반 고흐의 「꽃이 활짝 핀 아몬드 나무」라는 그림 앞에서 한참을 울게 되었다. 나는 가끔 엉뚱한 곳에서 대성통곡을 한다. 왠지 그 마음을 알 것도 같았고, 그 마음을 모른다 해도, 나뭇가지에 매달린 하얀 꽃들이 어떻게든 살려고 매달려 있는 것 같이 처연하게 느껴졌다.

그렇게 그의 그림에 푹 빠져, 보게 된 영화 「러빙 빈센트」는 나를 기어이 반 고흐가 마지막으로 머물렀다는 '오베르 쉬르 우아즈'라는 도시로 이끌었다. 그의 마지막 거처인 작디작은 다락방에서, 결국 자신의 삶을 포기했다는 밀밭을 걸으며, 그 밀밭 끝에서 만나게 되는 그의 묘지 앞에서 뜬금없이 애드거 앨런 포의 말이 생각났다.

"내 스스로 확신한다면, 나는 남의 확신을 구하지 않는다."

어쩌면 나는 그의 삶이 꽤 부러웠는지도 모르겠다. 아침에 눈을 떠서, 저녁에 잠들기까지 아니 어쩌면 꿈속에서도. 나는 확신을 할 수 없는 삶을 살고 있는지도 모르겠다. 내가 좋아하고 확신할 수 있는 삶을 살기보다 타인의 시선 속에 갇혀 의무적으로 살아가고 있는 것일지도 모른다. 어쩌면 내 인생에서 빈센트 반 고흐를 만나는 것은, 일탈에 가깝다.

그의 그림 앞에서 펑펑 울게 된 날, 그의 마지막 도시의 조용한 밀밭길을 걷게 된 날, 그가 동생 테오와 함께 잠든 묘지 앞에 선 날, 그가 쓴 책을 펼쳐 그의 문장들에 매달리게 된 날, 그의 죽음의 의문을 품으며 이야기를 풀어가는 영화를 보게 된 날이, 어쩌면 가장 나다운 날이지 않을까 싶다.

살면서 점점 나다워진다는 것이 어렵다. 아니 결국 나다움을 포기하게 되는 날이 많아진다. 또 한 계절이 가고 있다. 다음 계절 어딘가에서 다시 빈센트 반 고흐를 만나면, 아주 조금은 나답게 살고 있다고 말할 수 있기를 소망해 본다. 그 나다움이 아름다울 수 없어도 확신에 찬 나를 만날 수 있기를 고대해 본다.

013

나를 지킨다는 것

마음을 지키는 일이 점점 어렵다. 마음이라는 게, 지킨다고
지킬 수는 있는 건지? 도통 답을 알 수 없는 질문이다. 마음처
럼 실제로는 존재하지만 보이지도 않고, 만져지지도 않는 것
을 지키기 위해서는, 더 많은 노력이 필요할지도 모르겠다.

마음을 갉아먹는 것은 대부분, 불안에서 출발한다. 하지만 그
것도 생각해 보면 불안해하는 일이 벌어질 가능성은, 딱 50
퍼센트의 확률이다. 반반의 퍼센트에서 어느 쪽으로 마음을
지켜나갈 건지 이제부터 생각해 보자.

온 마음을 걸었다고 여겼던 사랑이 떠나고, 누군가 정해 둔

답을 내놓아야만 좋은 평가를 받을 수 있으며, 나보다 더 믿었던 누군가에게 상처를 받게 되는 일. 생각보다 우리의 삶속에 많이 출현하는 시련의 문제들이다. 과거의 언젠가는 시련을 스승이라고도 했고, 요즘은 그것이 축복이다 싶기도 하지만, 시련을 인정하든 그렇지 않든, 시련은 분명 삶을 더 가슴 절절하게 만든다.

시련과 마주했을 때, 어떻게든 방법을 찾아야 한다. 내 경우는 우선, 동기를 만들었다. 몇 년 전부터 시작한 SNS에 매일 글을 써서 올렸다. 글은 더디게 흐르는 고난의 시간 속에서 나를 멈추지 않게 만들어 주는 유일한 버팀목이 되어 주었다. 마음이 가시밭길에 버려질 때면, 마음에 자리잡은 날카로운 단어를 하나 꺼내든다. 그리고 그 단어들과는 반대되는 단어들을 찾아 함께 살을 붙인다. 예를 들자면, "최고의 복수는 잘사는 것", 혹은 "떠나줘서 고맙다"와 같은 식이다.

자석의 N극과 S극처럼 전혀 다른 의미를 갖는 단어들이 꽤 괜찮은 앙상블을 이룬다. 그렇게 첫 문장이 완성되면, 그 뒤로는 어떤 단어나 문장이 와도 상관없다. 소소한 일상 이야기나, 그럼에도 불구하고 용서할 수 없는 마음들, 누군가에게는 도저히 말할 수 없는 고백과 반성들이 뒤를 이어도 괜찮다. 결국 그렇게 쓰고 읽고 곱씹다보면 어느새 불안증이 조금은 가신다.

어쩌면 마음을 지킨다는 건, 굉장히 동물적인 방어 본능일지도 모른다. 몇 달 전, 누군가 SNS를 통해 이런 질문을 했다. "과거의 제 잘못이 잊혀지지 않아 너무 괴롭습니다. 후회하고 있지만, 그 잘못들 때문에 너무 불안합니다." 그 질문을 받고 몇 날을 고민했지만 결국 답을 하지 못했다. 시간이 꽤 지났지만, 그 질문에 답을 하지 못한 것이 후회가 된다. 과거의 잘못이든, 현재 잘못 살고 있든 우리는 완벽할 수 없다. 아무리 노력해도 인생에 한 번은 악역을 도맡아 해야 하고, 아무리 발버둥쳐도 인생에 한 번은 누군가에게 상처를 주고 만다.

그럼에도 오늘, 내 마음을 지켜야 하는 건, 결국 나를 받아들이고 나로 살아가야 하기 때문이다. 아무리 부족하고, 보잘것없는 모습이라도 나를 단단히 잡고, 삶 속에 뿌리를 내려야 하기 때문이다. 누군가 그 모습이 보기 싫다고 시비를 걸고, 싸움을 걸어와도 스스로를 단단하게 지켜야 한다.

그리고 나는 감히, 마음을 지키는 일 중에, 글쓰기를 추천한다. 그것이 일기의 형식이든, 필사의 형태든 어느 방식이어도 상관없다. 마음에서 칼을 뽑아내듯, 행복하면 행복한 대로, 불행하면 불행한 대로 쓰기를 바란다. 그 마음이 너무 추해 들여다볼 수 없는 날이 와도, 쓰고 또 쓰라고 말하고 싶다.

몇 해 전 그렇게 뽑아든 마음 하나가, 불쑥 나에게 말을 걸어왔다.

"괜찮아. 그래도 넌 최선을 다했잖아.

그건 내가 가장 잘 알잖아.

그거면 돼. 그거면."

014

틀릴 수 있다

◇◇◇◇◇◇◇◇

"이해"와 "오해". 모음의 위치 차이인 두 단어의 의미는 사뭇 다르다. 살면서 많은 것들을 이해하고, 소화해 내는 일은 생각보다 쉽지 않았다. 상대방을 이해하기보다 누군가를 오해하는 편이 더 쉬웠다. 정확하게 말하면, 이해를 하는 것 자체가 귀찮았다. 이해를 한다는 건, 나의 관점보다는 타인의 위치에서 많은 것을 바라봐야 한다는 말인데, '굳이 내가 왜', '그것도 저 사람을? 왜?'라는 생각이 늘 앞섰다.

10대와 20대 때는 '나만 옳다'는 치기 어린 자만이 있었고, 30대에는 생존과 귀찮음이 존재했다. 지금은? 그나마 미세한 변화가 생겼다. 하지만 그 역시 꽤 시간이 지난 후에, '그래,

뭐 저럴 수도 있겠다.' 싶은 정도다.

시간은 점점 나에게 많은 내려놓음을 강요했다. 하지만 그 내려놓음이라는 것이 어려운 것은 아니었고, 의외로 단순한 의미였다. 그건 바로 "나 역시 틀릴 수 있다"라는 어찌 보면 너무도 당연한 소리였다.

누군가는 나를 "똑하고 부러질 것 같은 나무 성정"이라고 표현했고, 또 누군가는 "융통성 없는 인간"이라 말하며 한숨을 쉬어댔다. 생각해 보면, 그리 정의롭지도, 착하지도 않으면서 참 많은 것을 착각하며 살았다. 언젠가부터 정의로운 척, 착한 사람으로 살아야 한다는 강박증 같은 기준을 품고 살았던 것 같다. 그래서인지 내가 틀릴 수 있다는 생각에는 크게 공감하며 살지 못했다.

어찌 보면, 너무도 당연한 소리, '나도 틀릴 수 있다'를 인정하자, 많은 것이 달라졌다. 우선은 많은 죄책감과 자책의 소리에서 조금은 탈출할 수 있었다. 무엇보다 '틀림'을 인정하자, 나를 지키려는 의지가 더 살아났다.

이상하게 들리겠지만, 내가 틀렸음을 인정하자, 이기적으로 살고 싶어졌다. 조금 더 구체적으로 말하면, 이기적이라는 말이, '용기 있다'는 말로 해석됐다. 그랬다. 이제는 나를 지키며 살고 싶다는 생각이 들었다.

때로는 너무도 무능해서, 가끔은 무기력해서 포기하게 되었던 많은 것들에 '용기'라는 단어를 붙이고 싶어졌다. 한여름의 무더위도 존재의 이유가 있듯, 우리에게도 자신을 지켜내야만 하는 이유가 있다. 그 이유가 무엇이든 그 이유를 누군가에게 변명할 필요도, 설득시킬 필요도 없다. 그냥 지금의 모습으로 살아가면 된다.

틀리면 틀린 대로, 다르면 다른 대로, 느리면 느린 대로, 아프면 아픈 대로, 딱 그렇게. 굳이 이해해 보려고, 또 무턱 대고 오해하려고 기를 쓰며 살지 않아도 된다.

015

문제는 나였다

××××××××××

여름과 겨울, 분주함과 평온함. 애정하는 것과 멀어지는 것.
채워야 할 때와 비워야 할 때. 딱 그 사이 어디 즈음에 내가
좋아하는 계절과 마음의 온도가 있다.

점점 좋아하는 게 뭔지 잊고 살게 된다. 하고 싶은 말과 하고
싶은 일 대신, 해야 하는 말과 해야 하는 일로 분주하다. 그러
다 결국 돌에 걸려 넘어져 주저앉게 되는 날이 있다. 어느 날
인가는 별일이 아닌 듯, 툭툭 털고 일어나기도 하지만, 또 어
느 날인가는 몇 날 며칠을 끙끙 앓기만 한다.

요즘 드는 생각 하나, 그 두 날의 차이는 뭘까? 어느 날은 무

겁고 어려운 문제가 와도 잘 견뎌내고 해결하는 날이 있는가 하면, 또 다른 날은 깃털처럼 가벼운 일 앞에서도 상처를 입고 피를 철철 흘린다. 두 날의 차이를 알게 되면 조금은 사는 게 편해질까?

"세상의 유일한 기쁨은 시작하는 것이다."

체사레 파베세

이탈리아 작가의 말이다. 언젠가부터 용기가 필요한 순간이 오면, 어김없이 이 문장을 떠올린다. 물론 나는 용기는 없지만 일을 벌이는 것에는 주저함이 없다. 참 희한한 말이지만, 그렇다. 겁쟁이치고는 어느 순간에는 참 무모할 정도로 무엇인가에 도전하는 것을 즐긴다.

지금 진정 내가 원하는 것이 무엇이고, 내가 할 수 있는 일이 무엇이며, 포기하고 내려놓고 비워야 하는 것이 무엇인가를 정확하게 알아야 한다. 결국 앞서 말한 두 날의 차이는 그것을 받아들이는 "나"에게 열쇠가 있을지 모른다. 누구나 그렇겠지만 모든 질문에 답은 "나"에게서 출발한다. 또 그 질문에 적당한 해석을 찾는 것 역시 나에게 달려 있다.

그리고 결국 내가 나에게 던지는 수많은 질문을 정확하게 만드는 것이 중요하다는 결론에 이르렀다. 참 이기적인 말이지만, 요 근래 만난 사람들에게 묘한 위로를 받았다. '나만 힘든 게 아니었구나. 모두 저마다 인생의 과제들을 풀어가며 살고 있구나.'라는 생각이 드는 시간이었기 때문이다.

누군가의 힘듦이 그렇게까지 위로가 되었느냐고? 그랬다. 어쩌면 이 말이 참 어이없고, 이기적으로 들릴 수도 있겠지만, 타인의 상처를 들여다보고, 공유하는 것만으로도 큰 위안을 얻었다. 그러다 알게 됐다. 결국 인생의 차이는 그 다음이라는 사실을.

문제가 생긴다. 문제 앞에서 우리는 선택을 해야 한다. 누군가는 끊임없이 타인과 상황을 탓하며 자포자기하는 반면, 또 다른 누군가는 그럼에도 불구하고 상황을 최대한 이성적으로 보려 노력하고 젖 먹던 힘을 끌어내 앞으로, 앞으로 나아가려 한다. 냉정하게 생각해 보면, 나는 전자에 가까운 사람이었다. 내 상처가 다인 것 마냥, 울고불고 상대를 탓하며 나아지지 않는 상황 앞에 억울해했다.

어떤 선택이 맞고, 틀린지를 말하는 것이 아니다. 다만 과거의 내 모습이 어땠든지, 조금 더 당당하게 나를 믿고, 오늘 안에서 단단하게 뿌리를 내리며 살고 싶어졌다. 그리고 그렇게 단단해진 마음을 나누며, 사람들 안에서 웃고 살고 싶어졌다.

3장

가을의 위로

"반드시 좋아질 거야"

지나간 시간이 말했다. "아마도 보다 잘 살고 싶은 마음이 커서일 거야." 그랬을지도 모른다. 보다 그 계절을, 보다 그 가을을, 온전히 보고, 느끼고 싶은 마음이 커서였을지도 모르겠다.

기도

괜찮지 않았다.
괜찮아지지 않았다.

하지만 그럼에도
매일매일, 오늘보다 내일이 더 괜찮아지기를,
기도한다.

매일 기도에는 응답이 없었지만,
매일 할 수 있는 일이 그것밖에 없었다.

마음 보관법

비우고 싶다면, 나부터 버려야 하고,

채우고 싶다면, 나부터 채워야 한다.

나를 위한 마음은 없었다

∞∞∞∞∞∞

— 나에 대한 불신
— 남을 향한 비난
— 오늘에 대한 변명
— 내일을 향한 불안

지금 당장 비워 내야 하는 것들이 늘어났지만,
정작 비울 수 없는 마음이었다.

하지만 그 무엇도 나를 위한 마음은 없었다.

믿어 주기로 합시다

◌◌◌◌◌◌◌◌◌

저는 상상을 하는 걸 꽤 즐깁니다.

예전에 저는 꽤 유쾌한 몽상가였습니다.

하지만 언제부터였을까요?

'상상'이라는 친구가 꽤 불편하게 느껴졌습니다.

저는 꽤 자주 내일이 괜찮아질 거라 말합니다.

삶이 꼭 그러하지 않다는 걸 알면서도 말이죠.

저는 꽤 자주 타인을 이해하라고 말합니다.

이해가 꼭 답이 아닐 때가 많다는 걸 알면서도 말이죠.

—

부단히도 애를 썼던 것 같습니다. '이번만 견뎌내면 다 괜찮아질 거야.'라고 다짐을 하다가도, 불안을 부추기는 상상의 부스러기들은 알레르기처럼 금세 마음을 좀먹었습니다. 그렇게 좀먹어가는 마음은, 모든 희망 의지를 차단하고, 더디게 흐르는 시간 안에서 스스로를 패배자로 낙인찍었습니다.

—

맞습니다. 저는 마음속 깊숙이 괴물을 키워가고 있었습니다. 오늘에 대한 감사는 물론이고, 내일에 대해 기대는 사치였습니다. 마음 깊숙이 어두컴컴한 동굴을 만들어, 저 자신을 가두고, 스스로를 학대했습니다. 문득 몇 년 전의 제가 저에게 말을 걸었습니다.

'이봐! 니가 몇 년 전에 그렇게 살고 싶다고 울부짖었던 오늘 아닌가?'

하지만 마음은 포기를 몰랐습니다.
'그래, 그렇게 살고 싶었던 날들이지. 근데, 이렇게 살면 뭐하겠어?'

과거의 저는 다시 되받아쳤습니다.

'어이가 없군. 그 순간은 지금보다 더 절망스러웠는데도, 잘 버텼으면서, 뭐가 문젠데?'

—

제법 격렬한 싸움이었습니다. 승자는 없었지만, 저는 결국 승복했습니다. 울부짖으며 살고 싶었던 오늘이었습니다. 오늘의 모습이 어떠하든, 저는 살고 싶었습니다. 근데 그렇게 또 살고 나니, 다른 것을 바라게 되었습니다. 끊임없이 누군가와 비교하고, 과거의 선택들을 후회하며, 그렇게 살고 싶었다던 날들을 허비하고 있었습니다.

분명 내일이 더 나아질 거라는 보장은 없습니다. 희망을 품는 것이 사치일지도 모르죠. 타인을 이해한다는 것은 불가능에 가까우며, 상처 없는 세상이란 아예 존재하지 않을지도 모릅니다. 하지만 분명한 건 그 모든 것에 선택은 나 자신에게 있다는 겁니다. 세상이 나를 끝도 없이 몰아붙이고, 사람들 사이의 내가 보잘것없으며, 과거가 만들어 낸 오늘이 만족스럽지 않아도. 그게 바로 '나'입니다. 그리고 저는 아직 믿고 싶습니다. 작지만 보잘것없어 보이는 오늘의 믿음이, 내일을 분명 달라지게 만들 수 있다고.

그러니 말이죠. 부탁입니다. 새롭게 시작하는 나 자신을 응원
해 주기로 합시다. 믿어 주기로 합시다. 오늘 안에서 이렇게
버티고, 견뎌내는 나를 대견해 하면서. 지금 내 앞에 놓인 계
절의 소리에 귀기울이기도 합시다.

005

산다는 것은 용기

볕이 꽤 깊숙이 들어오는 집에 살고 있다. 아침잠이 유독 많은 나는, 암막 커튼에 막혀 집으로 들어오지 못하는 아침볕을 집안으로 들여놓는 것으로 아침을 시작한다.

지난여름 볕 때문인지 베란다에 놓인 식물들이 쑥쑥 자라 있었다. 푸릇한 녀석들 사이에서, 아침잠과 사투를 벌이며 베란다에 앉아 밖을 보는 취미가 생겼다. 마을버스 한 대가 지나간다. 오늘 아침에도 숱한 사람들이 지나갔을 자리다. 이상하게도 그렇게 밖을 보고 있자면, 새삼 행복하게도 느껴진다. 다정한 아침볕과 고요한 식물들, 분주하게 움직이는 바깥세상을 바라보는 그 시간이 편안하게 느껴진다. 그리고 생각한

다. 마을버스를 탄 사람들은 어떤 마음으로 이 길 위를 지나
갔을까?

요즘 들어 더 마음에 남는 질문이 있다.
"시간이 지나면 정말 괜찮아지긴 할까?"

하지만 이미 알고 있다. 시간이 모든 것을 해결해 주지는 않
는 것을. 다만 시간이 해결해 줄 수 있는 건, 모든 것을 흐릿
하고 옅게 만드는 정도란 걸.

우리는 이미 오랜 경험으로 알고 있다. 지난 상처에서 우리
가 어떻게 해방되었는지를. 고난은 사실 메두사의 머리와 같
다고 생각한다. 메두사의 눈과 마주치면 돌로 변하는 것처럼,
고난과 마주치면 우리는 모두 돌처럼 변해 경직이 되고, 죽을
것처럼 힘들다. 하지만 잘 생각해 보면, 같은 고난 앞에서도
어떻게든 잘 견뎌내고 잘 지나가는 사람들도 분명 존재한다.

다 지나간다. 지나가면 또 괜찮아진다.
아무리 되뇌어 봐도 시간 앞에서 쩔쩔 매게 될 때가 있다.

지나간다는 것은 모든 것이 나아진다는 뜻이 아니라.

내가 그 모든 것을 받아들였다는 말일지도.

나 역시, 고난 앞에서는 무기력해지는 사람에 지나지 않았다. 어느 순간에는 시간 앞에 모든 것을 걸고, '시간아, 나 살려라' 애원하는 사람이었다. 하지만 삶이 던져 주는 문제를 해결하는 것은, 시간이 아니라 그것을 받아 내고 있는 나 자신이라는 것을, 지나간 시간은 알려 주었다.

고난은 분명 메두사의 머리처럼 흉측하고 무서운 존재여서 피하고 싶지만, 마주친다 해도 빠져나올 수 있는 길 역시 반드시 있다는 걸 알게 됐다.

산다는 것은 용기다. 매일을 수많은 타인들의 틈에서 잘 살아 내는 우리는 분명 대단한 용기를 가지고 있다. 세상이 온갖 얕은 수로 상처를 주고, 선택을 하라 강요하기도 하지만, 오늘을 살아낸다는 것 자체가 이미 아름다운 것이다. 그리고 그렇게 또 지나가고 있다. 하지만 시간만이 지나가는 것이 아니다. 우리 역시 조금씩 앞으로 나아가고 있다. 오늘이 준 수북한 상처와 과제 속에서 우리 역시 조금씩 자라고 있다.

쉽게 생각해, 고난을 여름볕 정도로 여겨보자. 그리고 우리는⋯ 베란다 속에서 자라는 식물이라고. 따갑고 눈부신 여름볕이 분명 성가신 존재이긴 하지만, 분명 그 시간 안에서 성장하고 있다고 믿어 보자.

그리고 희망해 보자.
더디게 흐르는 시간이라도 멈추지 않고 앞으로 흘러가기를.

006

슬픔을 겪는 동안에

잘 지내고 있는 거죠?

당신이 잘 지내면, 그걸로 되었습니다.

요즘 들어 부쩍 걷는 것이 좋아졌습니다. 예전의 저를 생각하면 상상할 수도 없는 일입니다. 걷는 시간이 늘어나자, 저의 삶에도 변화가 찾아왔습니다. 구두를 신는 날보다 운동화를 신게 되는 날이 많았고, 운전을 하는 날보다 대중교통을 이용하거나 아예 걷는 날이 많아졌죠.

걷는 시간이 늘어나자, 사람들의 표정이 가까이 보였습니다. 마스크를 써서 눈 밖에는 볼 수 없었지만, 저는 사람들의 눈을 바라보는 것을 좋아합니다. 타인의 눈을 바라본다는 것은 왠지 그 사람의 세상을 들여다볼 수 있는 기분이 듭니다.

'저 사람들은 행복할까?' 문득 궁금해졌습니다. 부럽기도 했습니다. 나보다는 모두 행복해 보인다 생각하는 날이 많아졌기 때문입니다.
나의 오늘, 나의 일, 나의 생각, 나의 불안, 나의 내일… '나'를 가리키는 것에 붙는 모든 것은 위태롭고 날이 서 보였습니다. 그래서 더 아팠고, 더 머뭇거리게 되었으며, 뒤를 보게 되는 날이 많았습니다.

어느 날인가 자전거를 타고 가던 아이가 넘어져 울고 있었습니다. 몇 분 정도를 울고 있던 아이는 상처를 툴툴 털고 일어나 주변을 둘러봅니다. 처음에는 부모를 찾나 싶었습니다. 하지만 아니었습니다. 그 아이는 가까운 이에게만 들릴 정도로 작게 혼잣말을 합니다.
"다행이다. 엄마가 보지 않아서. 나는 이제 1학년이니까. 넘어져도 울지 않는다고. (울먹) 엄마랑 약속했잖아. 다행이야."
그렇게 몇 분을 서 있던 꼬마는 불안해하면서 자전거에 올라타 자신의 길을 갑니다. 그 광경이 저에게는 꽤 충격적이었습니다. 지금에 제가 8살짜리 꼬마보다 못했기 때문입니다.

인생을 자주 자전거 타기와 비유합니다. 그런 기준으로 본다면, 저와 공원에서 만난 꼬마는 과정은 닮아 보였습니다. 하지만, 결과의 차이는 분명해 보였죠.
넘어졌다는 충격에 빠져 주저앉아 있는 저와는 달리, 8살 꼬마는 상처를 툴툴 털고 일어나 다시 자전거 타고 자신의 길을 갔으니까요. 어쩌면 저는 '어른'이라는 가면을 쓰고 있는 덜 자란 녀석일지도 모르겠습니다.

분명 불행의 씨앗은, 예기치 못한 사고에서 출발합니다. 분명 사고는 꺼리게 되는 일이지만, 분명 누구에게나 생길 수 있는 일이기도 합니다. 정말 문제는 그 다음이었습니다. 생각지도 못한 일이 생겼을 때, 그것을 대하는 자세 말입니다.

불행 앞에서도, 포기하고 싶지는 않습니다. 삶이 포기를 강요해도 행복하고 싶습니다. 무엇보다 이 글을 읽는 모든 사람들이 행복했으면 좋겠습니다. 만약 행복하다고 여겨지지 않는다면, 분명 그 슬픔의 시간 동안 중요한 변화를 겪는 중이리라 믿었으면 좋겠습니다.

아마도 어딘가에,

당신의 존재 깊은 곳 어딘가에,

당신은 중요한 변화를 겪었을 것이다.

당신이 슬픔을 겪는 동안에.

라이너 마리아 릴케

분명 비겁하지만

'1년 후 나는 어떤 모습일까?' 최근 들어 꽤 자주 하는 생각이다. 무겁게 흐르는 시간 속에서, 1년 전의 나를 불러들인다. '그때의 나는 어땠을까? 처음에는 기억이 잘 나지 않았다. 결국 핸드폰 속 사진첩의 도움을 받기로 했다. '똑똑' 기억의 공간을 두드려 본다. 그때의 나는... 문득 그날의 내가, 그 순간의 내가 생각났다.

작은 변화가 일어날 때 진정한 삶을 살게 된다.

레프 톨스토이

그때의 나는, 현관문을 열고 나가지 못해 한참을 현관문을 바라보고 앉아 있던 날이 많았다. 현관문 밖의 분주함이, 현관문 안에만 존재하는 내 공간의 고요함과 대조되어 숨조차 쉴 수 없을 정도로 겁이 났다.

그 증상이 잠잠해진 이후에도, 꽤 자주 집을 나서며 이런 생각을 했다. 다시 이 문을 열고 집으로 들어서는 나는 어떤 모습일까?

좀 쉽게 말해, 이런 순간이다. 수술 후 정기적으로 찾게 되는 병원 검진 날이나, 낯설고 힘든 누군가를 만나러 가는 길목에서, 또는 편치 않은 업무를 앞둔 어느 날에는 어김없이 이런 생각을 한다.

누구에게나 힘들 때 숨어드는 피난처가 존재하듯, 언제부턴가 나의 안전지대는 책이 되어 주었다. 숨을 수 있는 방법을 알게 되자, 나름 잘 이겨낼 수 있겠다 싶을 때, 꽤 섭섭해 하는 엄마와 마주하게 되었다. "넌 왜 좀처럼 네 얘기를 안 하니?" 허물없이 지낸다 생각했던 엄마에게 이런 말을 듣는 것이 꽤 충격이었다. 하지만 누구한테나 마찬가지였다.

나조차 내 마음을 알아볼 수 없을 때, 습관적으로 문장에 매달렸다. 꽤 견고하게 문장으로 마음의 성을 쌓았다고 생각한 그 무렵이었다. 「사람은 무엇으로 사는가」로 시작해 레프 톨스토이의 「안나 카레니나」와 「전쟁과 평화」에 이어 「고백록」에 빠져든 것이. '톨스토이의 삶은 40대에 정지되어 버렸다'라는 한 문장의 책 소개가 나의 40대를 연상케 했다. 대문호로 일컬어지는 작가의 삶도 다를 게 없었다. 하지만 그의 선택은 달랐고, 좌절을 대하는 방식은 더 남달랐다.

갑자기 궁금해졌다. 만약 톨스토이처럼 삶을 포기하고 싶어, 절벽 끝에 서게 된다면 나는 무엇을 할 수 있을까? 온갖 불안의 말들이 나를 아래로 잡아 끌어내리려 할 것이다. 하지만 누군가의 말처럼 죽을 용기로 살고 싶어질지도 모르겠다.

잠시 사는 이유를 잃고 잠시 균형을 잃어 비틀거리는 나를 발견할지라도, 현관문을 열고 세상으로 나갈 기운조차 없는 나를 발견하게 될지라도. 나의 안전지대에 놓인 문장들은 끊임없이 말한다. 빛으로 나아가라. 빛으로. 빛 속으로.

   - 우리에겐 잊고 살, 잊혀질 권리도 있다

인간이 신에게 받은 가장 큰 선물은 '망각'이라 했다. 우리가 소위 말하는 '시간이 약이다'의 핵심은 사실 '망각'이다. 그랬다. 가볍지 않은 우울증이 왔다 갔다는 걸 알게 된 시기가 1

년 전 오늘이었다. 너무 많은 생각과 불안을 짊어지며 살면 마음에도 병이 든다는 걸, 알게 된 날이 1년 전 오늘이었다. 무엇이 나를 그렇게 아프게 했을까? 무엇이 나를 그리도 불안하게 했을까? 지금은 생각나지도 않는 것들에 그리도 아프고 불안했을까?

참 다행인 건, 얼마지 않아 '독서 모임'을 시작했다는 것이다. 그리 큰 규모는 아니었어도, 마음을 나누고 새로운 생각을 채워나가기에 더할 나위가 없었다. 일상의 불안이 사라지진 않았지만, 마음의 그늘을 몰아내기에는 충분했다. 마음의 그늘의 공간이 조금씩 줄어들자, 일상은 또 그만큼 평범해졌다. 평범한 만큼 무료하기도, 분주하기도 했지만, 나는 그런 보통날의 무료함과 분주함의 비율이 좋았다. 너무 무료하지도, 너무 분주하지도 않는. 보통날의 황금 비율.

누군가에게 안부를 묻는 시간이 많아졌다. 단체 카톡방에서도 예전과는 달리, 먼저 안부를 묻는 횟수가 많아졌다. "요즘 잘 지내지?", "잘 쉬어야 하는데.", "올해가 가기 전에 얼굴 보자." 등등. 하루 종일 핸드폰이 시끄럽다. 분주해진 녀석만큼 나는 또 오늘의 불안을 잊게 됐다. 그것이 분명 비겁한 일이라도, 우리에겐 분명 잊혀질, 그리고 잊어버릴 권리가 있다.

망각한 자에게 복이 있나니,

자신의 실수조차 잊어버리기 때문이다.

니체

008

나에게, 마음 보여 주는 법

×××××××

사람 마음이라는 게 뭔지, 지난해 그리도 좋아했던 자전거를, 이제는 몇 번 타지도 않고 구석에 처박아둔다. 뽀얗게 쌓인 먼지만큼 자전거에서 멀어진 마음을 알게 했다. 그리고 생각했다.

'보이지 않는 마음을 매일 볼 수 있다면, 사는 게 조금은 쉬울까?'

지난 봄, 화분에서 말라가는 녀석이 있었다. 나름 잘 자라던 녀석이 어느 순간 잎을 떨궈 내고, 바싹바싹 말라갔다. '화분을 바꿔줘야 하나', 이런저런 고민을 하던 끝에, 버리기도 그렇고 해서, 아파트 화단에 심어 주었다. 살 수 있을까 싶기는 했지만, 일단 자리를 만들어 주었다. 그렇게 잊어버렸던 그 녀석을 다시 만난 건, 한여름 장대비가 내리던 오후였다. 무섭게 몰아치는 빗속에서, 갑자기 그 녀석이 궁금해졌다. 비가 그치고, 화단을 찾았을 때, 생각지도 않은 풍경이 나를 기다리고 있었다.

우선 바짝 말라 있던 녀석의 나뭇가지 사이사이로 그득하게 푸른 잎이 돋아 있었다. 또 하나의 놀라운 사실은, 누군가 그 녀석에게 돌울타리를 만들어 주었다는 점이다. 동글동글한 크기의 비슷한 돌들이 그 녀석을 보호해주는 것처럼 보였다. '누구의 작품이었을까?' 싶었다가, 그 마음이 궁금했다.

'나에게 마음 보여 주는 법'이라는 명제 앞에서, 왜 이 생각이 나는지는 모르겠다. 요즘 가까이 둔 법정 스님의 문장들 때문이었을까. "자연과 멀어지면 병원과 가까워진다."라는 법정 스님의 말씀처럼, 이보다 내 상황을 더 정확하게 표현할 수는 없겠다 싶었다.

지난해 나는 매순간 아팠고, 끝없이 찾아오는 좌절의 순간 속에서 많이 지쳤다. 하지만 냉정하게 생각하면 지지난해라고 다르지 않았다. 단지 달라진 것이 있다면, 지난해의 나는 부지런히 몸을 움직였다는 정도. "마음을 보는 게, 겨우 몸을 움직이라는 거냐?" 싶겠지만, 내 경우는 그랬다.

봄꽃들 속에서 조금은 설렜고, 여름의 우렁찬 소리 틈에서 살고 싶었고, 가을의 낙엽을 밟으며 즐길 수 있는 고독에도 감사했으며, 꽁꽁 얼어붙은 겨울 대지 위에서도 살아남은 것들을 경이롭게 바라보며 그렇게 나를 돌아봤다.

그랬다. 자연이 품어준 것은 죽어가는 한 그루의 나무만이 아니었다. 내 마음도 그러했다. 자연이 들려주는 계절의 소리를 들으며, 내가 살아있음을 느꼈고, 감사했으며, 또 그렇게 살아냈다. "살다보면 살아진다."는 그 말이 참 듣기 거북했지만, 정말 그렇게 살아내고 있었다.

한 해에 부여된 진정한 의미를 알려면, 서점 가판대를 메우는 책들을 보면 된다. 특히 이번 계절엔 한 도서의 헤드카피가 마음을 묘하게 잡아끌었다.

"삶은 어떻게든 방법을 찾아낸다." 경제서 카피였지만, 꽤 묵직한 위로를 받았다. '나와 잘 지내는 법', '내 마음을 알아가는 방법'은 생각보다 쉬울지도 모른다.

나는 그 선택으로 타지 않던 자전거를 꺼내 탔다. 때 이르게 떨어진 나뭇잎과 선선해진 바람 사이로 마음이 보인다. 그리고 그 마음이 내게 "괜찮아. 힘내."라며 응원을 건넨다. 스스로를 끝없이 믿어보라고 주문하며, 끊임없이 나락으로 떨어지는 마음을 기어이 붙잡아 앉힌다.

지금 자신의 마음이, 화분 속에서 죽어가는 나무처럼 바짝 말라가고 있다면, 한 정거장 정도의 거리를 먼저 걸어보라고 권하고 싶다. 그리고 한 그루의 생각 나무를 마음속에 심으라고도 말하고 싶다. 그 나무를 어떻게 키울 것인가는 오로지 스스로 결정해야 할 몫이다.

009

메멘토 모리|Memento Mori

생각에 체하게 되는 날이 많아졌다. 예전 같으면 쉽게 넘어갔던 일들이 점점 무겁게 마음을 짓누른다. "뭐 이런 걸로 힘들어하고 그래?", "이제 다 끝난 일인데, 아직도 그래?", "그 정도 일로 힘들어하면서, 앞으로 어떻게 살래?" 걱정 어린 질타가 쏟아진다.

다른 사람들에게는 아무렇지 않은 일들인데, 정말 나에게만 어려운 걸까? 참 어렵기만 한 인생 숙제다. 이런 날에는 작정을 하고 청소를 하거나 주변을 정리한다. 그 정리 범위 안에는 핸드폰 사진 정리도 들어 있다. 몇 년 전 사진을 정리하다. 이런 메모를 발견했다.

마음은 노력하는 게 아니야.

그냥 그대로 받아들이는 거지.

노력하는 순간 지치게 마련이거든.

왜 이런 메모를 남겼을까. 어쩌면 몇 년 전 나 역시 지금과 비슷한 마음이지 않을까 싶었다. 그러다 갑자기 생각이 엉뚱한 방향으로 흘렀다.

만약 오늘, 과거의 나를 만나면, 어떤 말을 해 줄 수 있을까? 아마 어쩌면 생각보다 많은 위안을 과거 속에서 받았을지도 모르겠다. 그렇게 지나온 시간이 지금의 나일 테니.

"메멘토 모리Memento Mori"라는 말이 있다. 라틴어인 이 말을 번역하면, "죽음을 기억하라."이다. 처음 이 단어를 알았을 때, 이게 무슨 말도 안 되는 말인가 싶기도 했다. 하지만 우습게도 힘든 순간의 어귀에서 이 말이 생각났다. "죽음", 살면서 피하고 싶은 순간. 몇 달 간격으로, 찾는 대학병원 대합실에서 나는 죽음을 목도한다.

내가 다니는 대학병원은 항상 넘치는 환자 탓에 방을 두 개로 나누어 환자를 진료한다. 작은 문으로 나뉜 두 공간에, 환자 두 명이 동시에 들어가 있으면 의사가 작은 문을 통해 양

쪽 방을 왔다 갔다 하는 구조이다. 한 번은 내 차례가 되어 들어가 있는데, 작은 문 사이로 울음소리가 들렸다. 또박또박 들리지는 않았지만, 수술이 더 이상 힘들다는 전문의의 말과 길게 이어진 침묵 뒤로 들리는 울음소리였다. 가슴이 덜컹 하고 내려앉았다. 마냥 남 일 같지만은 않았던 까닭이다. 그렇게 몇 분 후, 작은 문이 열리고 의사가 들어왔다. 꽤 담담한 표정. 매일 죽음을 논하는 이의 표정이리라.

나 역시 그 표정을 본 적이 있다. 그렇게 몇 분을 내 상황을 듣는데도, 건너편 방의 상황이 마음에 걸렸다.

난 가끔, 그 순간이 어제의 일처럼 또렷하게 생각난다. 그리고 힘든 순간이 오면, 꽤 자주 중얼거린다. "메멘토 모리" 극약처방일 수 있겠으나, 일상에 "죽음"이라는 단어를 들여놓으면, 많은 일에 너그러워지고, 생각보다 많은 용기를 얻게 된다. 난 분명 소심한 겁쟁이지만, "죽음"이라는 단어 앞에서는 용감해지기도 한다.

누구나 한 번은 죽는다. 우리는 언젠가 반드시 우리가 죽는다는 사실을 알고 있음에도, 하루를 버티고, 사랑을 하고, 상처를 받으며, 또 그렇게 살아내고 있다.

어쩌면 오늘을 살아내고 있다는 그것만으로도 충분할지 모른다. 그러니 겁내지 말자. 오늘이 우리에게 다정하든, 퉁명스럽든, 따뜻하든, 혹독하든. 당당히 오늘 안에 살자. 내일이면 늦을지도 모른다. 우리의 오늘이 아무리 보잘것없이 보여도, 우리의 시간은 모두 아름다운 용기다.

010

생각에서 도망치다

∞∞∞∞∞∞

괜찮지 않은 일 앞에서도, "괜찮다"며 마음을 삼키는 밤이 많아졌다. 어둠이 깊어질수록 또렷해지는 마음 하나를 달래지 못해, 전전긍긍해지는 날.

그런 날에는 짙어지는 어둠 속에 또렷해지는 마음이 쪼개지며 날카로운 조각을 만든다. 조각조각 날선 마음 조각들은 그렇게 온 밤을 잠들지 못하고 배회한다.

하지만 정작 슬픈 건, 점점 울고 싶다는 생각마저 줄어들고 있다는 것이었다. '울보'라는 변명이 무색할 정도로, 우는 일이 줄어들었다. 눈물을 흘리는 행위가 줄어들자, 멍해지는 시간이 늘어났다.

어쩌면 우는 것에도 용기가 필요한 걸일지도 모르겠다 싶었다. 운다는 것은, 힘든 일을 기어이 끄집어내어 일상에 녹여내는 것이리라. 언젠가부터 깊게 생각하고, 힘든 일을 끄집어내는 일을 하고 싶지 않았다.
솔직히 도망치고 싶은 날이 많아졌다. 그래서 그런 날이 오면 그런 나를 '생각 도망자'라고 부른다.

생각에서 도망치고 싶은 날에는 그 어떤 일이라도 환영이었다. 처음에는 하던 대로 집 구석구석을 헤집으며 묵은 먼지를 털어냈다. 커튼과 이불을 뜯어내 빨고, 옷 정리를 했다. 구석구석 손이 닿는 곳이라면 어디든지 청소를 해댔다.
지난겨울에는 그래도 성이 안 찼다. 그래서 선택한 생각 도망법이, 손뜨개질이었다.

2개의 바늘로, 원하는 아이템의 사이즈만큼 코를 뜬다. 그렇게 뜬 코를 바늘에 번갈아 옮겨가며, 서툰 솜씨로 작품(?)을 완성한다.
처음에는 생각보다 더 엉망이다. 하지만 신기하게도, 뜨개질을 하는 시간에는 생각에서 잠시 벗어날 수 있게 된다. 그도 그럴 것이 잠깐이라도 집중이 흐려지면, 코가 빠지거나 작품이 틀어진다. 그래서 그 순간만큼은 생각하는 것을 멈출 수 있게 된다.

두 번째로 선택한 생각 도망법은 무작정 걷기였다. 처음에는 복잡해서 터져버릴 것만 같았던 머릿속 생각들이 걸음수만큼 잦아들었다. 그렇게 점점 걷는 시간이 늘어날수록, 내 호흡에 집중하며 주변을 둘러볼 여유를 만들어 준다.

'이번 계절에서는 이런 냄새가 나는구나', '오늘 바람의 온도는 이렇구나'… 운동화 밑창이 닳아갈수록 마음도 비워지고 있었다.

결국 알게 됐다. 마음에도 아픔을 이겨낼 시간이 필요하다는 걸. 아픈 시간만큼 마음을 비워낼 시간이 꼭 필요하다는 걸. 처음에는 가지 않는 시간을 탓했다. 더디게 흐르는 시간 앞에 좌절했다. 하지만 시간은 알려준다. 아픔의 깊이를. '내가 그만큼 아팠구나' 싶은 날이 오면 옅어지는 상처만큼 아픔에서 해방되고 있는 것이리라. 그랬다. 정말 딱 아팠던 만큼 시간이 필요했다.

슬픔 앞에서 억지로 웃을 필요는 없어.

마음에도 시간이 필요하니까.

울고 싶다는 것은, 어쩌면 꽤 긍정적인 신호일지도 모른다. 상처와 아픔 앞에 차갑게 얼어붙어 있던 마음이 슬그머니 녹아드는 시간이라는 신호일 테니. 언젠가 먼 타국의 이름 모를 성당에서 엉엉 울고 있던 나는, 무작정 걷던 길에 만난 이름 모를 꽃 앞에서 소리 없이 울고 있던 나는, 어쩌면 꽤 용기 있던 녀석이었을지도 모른다.

울지도 못하는 나에게, 지금 필요한 건 용기와 용서이지 않을까. 부족했던 나의 과거의 시간을 용서하고, 보잘것없어도 다시 앞으로 나갈 용기를 가져야 하는 시간이, 오늘이지 않을까.

울고 싶은 밤이 찾아오면, 이제는 떳떳하게 울고 싶다. 엉엉, 온 밤이 떠내려갈듯 큰 소리로 나의 아픔을 토해내고 싶다. 나의 울음을 들키지 않으려, 소리 죽여 울고 싶지는 않다. 그리고 그렇게 울고 있는 나에게 진심으로 '괜찮다'라고 말해 주고 싶다. 지금 울고 나면, 조금 괜찮아질 거라 말해 주고 싶다.

그러니 말이다. 만약, 울고 싶은 밤이라면, 마음껏 울자. 울고 싶은 만큼. 더 이상 눈물이 나지 않을 만큼. 당당하고 떳떳하게, 아픔을 몽땅 털어내 버릴 만큼 울어 버리자. 그 누구의 잘못도 아니다. 지금의 아픔도, 지금의 나약함도, 지금의 무기력함도, 지금의 외로움과 공포도. 그러니 그런 밤에는 가만히 눈을 감고, 내 마음을 안아 주자. 토닥토닥. "괜찮다. 괜찮다. 정말 괜찮다." 진심을 다해, 마음을 안아 주자.

011

함께 빛으로 가자

버스를 타고, 적당한 자리에 앉는다. 아주 살짝 창문을 연 후, 플레이리스트 상위에 놓인 음악을 틀어 마음의 온도를 체크한다. '오늘 내 마음은 이 정도의 리듬이구나.'

언젠가부터 '마음'이라는 단어에 유독 민감하게 반응하게 됐다. 언제부터였을까? 아마 글을 쓰면서부터였으리라. 사실 20대의 글쓰기는 치열하기만 했다. 마음까지 챙겨가며, 글을 쓸 수 있는 처지가 아니었다는 말이다. 데스크의 명령에 따라, 취재처를 옮겨가며, 남들보다 단 1초라도 빠르게 써야 했다.

30대의 글쓰기는 현실적이었다. 애매한 문장들 뒤로 마음을 숨기고, 사람들이 읽고 싶어하는 문장들을 뽑아내야 했다. 그

렇다면 지금은? 40대가 되어서야 겨우 나만의 글을 쓰게 됐
다. 온전히 나만의 마음을 보며, 글을 쓸 수 있게 되었다는 말
이다.

가만히 계절을 본다.
이 계절은 가을인 걸까? 겨울인 걸까?

그리고 이 계절 안의 내 마음은,
가을인 걸까? 겨울인 걸까?

'마흔'이라는 나이는 그동안 알 수 없었던 많은 것들을 알려
준다. 점점 떨어져가는 체력과 바닥이 나도 채워질 줄 모르는
옹졸한 마음 씀씀이를 하루가 다르게 알게 된다.
슬픈 건, 지금의 나이가 되면 알게 되리라 생각했던 질문들이
아직 공백으로 남았기 때문이다. 언젠가 알게는 될까? 언젠
가 온전히 나답게, 나다운 삶을 살 수는 있을까? 아직도 채워
질 줄 모르는 질문의 공백은 삶을 지치게 한다.

사실, 글을 쓰는 모든 순간이 최악의 슬럼프였다. 슬럼프는
갑자기 찾아왔다. 가을이라고 부르기엔 더없이 차갑고, 그렇

다고 겨울이라고 부르기엔 너무 이른 요즘의 계절처럼, 나에게도 애매한 느낌으로 슬럼프가 찾아왔다. 그래서 이 글을 읽고 있을 독자들에게 미안하다. 내 마음이 온전하지 못해서, 온전한 마음을 전하고 싶었던 공간에 들어찬 절망의 단어들을 보며 깊은 한숨이 쉬어진다.

이 계절에는 지난 절망의 계절보다는 조금 더 희망찬 문장들을 쓸 수 있으리라 생각했다. 하지만 삶은 나에게 아직 그런 시간을 허락할 수 없나보다.

걷는 날이 많아지면서, 하루에 걷게 되는 걸음수를 알게 됐다. 보통 6~7,000보 정도를 걷는데, 그렇게 걸을 수 있게 된 건 묵묵하게 내 곁을 지켜주는 사랑하는 이 덕분이다. 언제나 그는 나에게 큰 위안이 된다. 세상에서 가장 소중한 나의 친구이자 연인. 날이 차가워지자 그의 손을 잡고 길을 걷게 되는 날이 많아졌다. 참 다행이다 싶었다. 누군가와 마음을 나누며 길을 걸을 수 있는 것이.

그리고 이 글을 읽고 고맙다고 말해 주는 다정한 이들 덕분에 감사하다. 삶에는 언제나 빛과 그림자가 존재한다. 지금은 길게 늘어진 그림자 안을 걷고 있지만, 다정한 마음으로 이 계절을 걷다 보면, 언젠가 그림자 넘어 빛으로 건너갈 수 있

기를 희망해 본다. 그것이 나만의 시간이 아닌, 이 글을 읽는
모든 이의 시간이었으면 하는 바람이다.

그리고

오늘의 마음이 어떤 계절을 살던,
나와 함께 빛으로 가자.

그런 마음이야

◇◇◇◇◇◇◇◇◇

나는 당신이 꽃길만을 걷기를 원치는 않는다.
다만 흙밭을 걷는데도 포기하지 않고
상처받지 않기를 바랄 뿐.

믿는다는 것

나를 믿는다는 건,

그냥 지나칠 수 없는 말들 속에서도
마냥 지칠 수 있는 순간 속에서도

나를 놓치지 않는 것
그렇게 잘 살아내는 것

이런 내가 나를 망친다

험담이 일상이 되고
반성보다는 핑계를 찾으며
끊임없이 타인과 비교하고
미루는 일에 무감각해지며
감사보다는 불평이 많을 때

오늘, 다짐

∞∞∞∞∞∞

끊임없이 응원할 것
서슴없이 사랑할 것
거침없이 상처받을 것
막힘없이 나아갈 것

4장

겨울의 위로

"반드시 잘될 거야"

그냥 흘려보낸 시간이 말했다. "그것도 나야." 그저 흘려보낸 계절이 말했다. "그 모습도 나다." 흘려보낸 시간과 계절 앞에서 비로소 나를 만났다. 꽤 겨울을 닮은.

겨울나무

∞∞∞∞∞∞

겨울의 끝이 보이는 날이었다. 도로 위가 분주했다. 세월만큼 크고 무성해진 나뭇가지들을 정리하는 중이었다. 다음날 같은 자리에는 앙상해진 벌거숭이 나무가 남아 있었다. 이유가 명확하지 않았지만 슬펐고, 애잔한 마음이 들었다. 겨울도 힘들었을 텐데, 사람 때문에 더 앙상해진 가지들이 마음에 걸렸다. 하지만 벌거숭이 나무는 다음 계절, 아니 나보다 훨씬 더 긴 세월을 살아내리라 생각하니 조금은 위로가 되었다. 그리고 겨울나무만큼이나 강하게 버텨내야겠다는 생각이 들었다.

그거면 된다

∞∞∞∞∞∞∞

또 그렇게 흘러간다.
또 그렇게 지나간다.

좋은 시간도 나쁜 시간도
좋은 인연도 나쁜 인연도

잘 견뎠고 잘 버텼다.
그거면 된다. 그거면 충분하다.

그러니 무너졌다고, 아팠다고.
포기하지만 말자.

마음 길

숨이 찼다. 산다는 것에. 진절머리가 날 징도로. 사라지고 싶다는 생각만 들었다. 삶은 언제나 차가웠다가, 뜨거웠다가 했다. 삶이 어떤 질문을 던지든 상관없이, 머릿속은 항상 생각들로 넘쳐났고, 마음은 그 길을 따라 오르락내리락했다.

어느 날엔가 손가락에 작은 상처가 났다. 아주 작은 상처였는데도, '이봐, 여기 아프잖아. 신경 좀 쓰지.' 울부짖으며 신경을 건드렸다. 반창고를 꺼내 대충 붙이고, 몇 시간을 손가락 아픔에서 해방될 수 있었다.

작업을 한참 하고 있는데, 반창고 옆 손가락에서 살짝 피가 흘렀다. 잠시 멍했다. 반창고는 아픈 손가락 옆의 멀쩡한 손가락에 떡하니 붙어 있었다. 손가락에서 피가 날 정도였는데도, 반창고 하나를 붙였다는 이유로 통증을 느끼지 못했다.

생각은 어쩌면 조작이라는 것이 가능할지도 모르겠다. 생각한 대로, 말하는 대로 이루어진다는 말의 본질은 아마도 마음에 길을 내어 주는 것과 같다는 생각이 들었다.

후회하고 희망하죠

뒤돌아보면 모든 순간이 후회로 남는다.

후회는 타이밍이 맞지 않은 사랑과 같은 것이다.
인연이 아닌 것을 알면서도 손에서 놓지 못하는 그런 것.

하지만 후회하고 있다는 건 어쩌면, 자신이 되고자 하는 존재
에 대한 희망이 남아 있기 때문이다. 그래서 나는 후회하지만
또 희망한다. 어제 내가 될 수 없었던 존재에 대해.

가려진 마음이 없기를

◇◇◇◇◇◇◇◇

우리가 매일매일 유서를 쓴다면,
우리는 지금 어떤 모습일까?

가끔씩 드는 생각인데, 종이에 적어 볼 엄두는 나지 않는다.
'유서'라는 말을 적으면, 왠지 안 좋은 일이 생길 것만 같아서.

문득 그런 생각이 들었다. 지금 우리는 행복한가?

답을 알 길이 없지만 이런 문장을 덧붙이고 싶다.
세상의 그 누구도 외롭지 않았으면 좋겠다.

사나운 비가 만든 자리

사납게 내리는 비는, 사나운 빗자국을 여기저기에 남겼다.
누군가를 미워하는 마음은 사납게 내리는 비를 닮았다.

하지만 반드시 사나운 비도 그칠 때가 온다.
비가 그친 후 빗자국을 닦으며 생각한다.

'정말 그럴 가치가 있는 일이었나?'

마음 거리두기

◇◇◇◇◇◇◇◇

분명 거리를 두고 출발했다 생각해도
마음이 앞선 어느 날에는 앞사람에게 치이기 일쑤였고
몸이 따르지 않던 어느 날엔가는
뒷사람에게 추월당할까 끙끙 앓았다.

치여서 아팠고, 지쳐서 포기하고 싶었던 어느 날.
온 몸에 힘이 쫙 풀렸다. '에라 모르겠다' 싶었다.
한껏 힘이 들어간 몸에서 힘을 빼자
생각보다 모든 것이 가벼워졌다.
앞사람과 보폭 맞추는 일도,
뒤따르는 이에게 추월당할까 걱정하는 일도 잦아들었다.

사람과 사람과의 거리도 그러한 게 아니겠는가.

나 혼자 마냥 노력해도 앞선 이의 마음은 잡을 수 없고,

아무리 천천히 마음을 내어 주어도

뒤따르는 이의 마음은 내 것이 아니다.

한껏 힘이 들어간 내 마음이 늘 문제였다.

가만히, 조금씩, 나답게

점점 나다운 것이 무엇인지, 나답게 산다는 것이 무엇인지 알 수 없는 날이 많아졌다. 내 의지 대로 살아간다는 것이 나답게 사는 걸까? 나를 위해서만 살아가는 것이 나답게 사는 걸까?

그렇게 늘어선 마음의 문장들 위를 아슬아슬하게 걸어가는 게 어쩌면 내 일상이다. 매일 문장 위에서 산다는 것은, 매일을 큰 거울 앞에 서서 나 자신을 바라보고 있는 것과 같다는 생각이 들었다.

하루가 다르게 생각보다 많은 날을 침묵하면서 보낸다. 점점 말수가 줄어들고, 사람들에게 마음을 내비치는 일에 인색해진다. 사실 나는 다정한 사람은 아니다. 아니 정확하게는 점점 다정하지 못한 사람이 되어 간다. 그럼에도 꽤 많은 날을 '다정'이라는 단어 앞에서 서성이게 된다. 처음에는 분명 이런 질문으로 시작되었으리라.

'나는 오늘 나답게 보냈을까'
'나는 오늘 나에게 다정했을까'
'나는 오늘 나를 위해 살았을까?'

꼬리에 꼬리를 무는 생각은 끝이 없고, 그 생각이 깊어지면 깊어질수록 조금은 울적해지는 기분이었다. 결국 그렇게 이어지는 생각은 기어이 나 자신을 보잘것없는 사람으로 만들고 끝이 난다.

먼저 생각해 봐야 했다. '다정'과 '나다움'에 대해. 잠시 눈을 감고 생각에 긴 터널을 만든다. 기억의 방으로 빼곡한 긴 터널을 뚜벅뚜벅 걷다가, 오래된 기억 하나를 발견한다. 수북하게 쌓인 먼지를 털어내자, 몇 해 전, 태국 배낭여행 중의 기억 하나가 모습을 드러낸다.

치열했던 첫 직장을 퇴사하고 떠난 여행이었다. 가족과 친구조차 말렸던 여행. 그도 그럴 것이, 대중교통이 좋지 못한 태국 소도시의 배낭여행은 무모해 보였고, 여행객에게 다정하지 않은 여정이었다. 생각보다 더 많은 시간을 도보에 의존해야 했고, 뜻 모를 태국의 언어 앞에서 좌절해야 하는 순간의 연속이었다. 낯선 도시에서 길을 잃는 경우는 다반사였고, 갑자기 소나기라도 만나면 옴짝달싹할 새도 없이 몇 십 분을 이름 모를 집 지붕 밑에서 동동거려야 했다.

그 날도 어김없이 그랬다. 도통 알아볼 수 없는 도로 표지판들 사이로 길을 잃은 나는, 어느 마을로 깊숙이 들어와 있었다. 당황스러운 일이었다. 엎친 데 덮친 격으로, 갑자기 소나기까지 만났으니 말이다. 그곳에서는 '스콜'이라 불리는 세찬 소나기. 꽤 사나운 비였다. 그러나 아이러니하게도, 이러지도 저러지도 못하는 상황이 되자, 결국 인정할 수밖에 없었다. 잠시 찾아와 준 '여유'라는 시간. 타국의 어느 이름 모를 집 처마 밑에서 비로소 작은 도시의 풍경을 볼 수 있었다.

꽤 지쳤다고 생각할 때 도망치듯 출발한 여행이었다. 대화할 친구도, 의탁할 친구도 없는, 철저히 혼자였던 시간. 그럼에도 나는 그때의 시간들을 꽤 오래 떠올리곤 했다. 지금 생각해 보면 무모한 도전이었고, 위험한 순간의 연속이었음에도 그래서 더 빛이 나고 다정했던 시간들이었다.

어쩌면 나다운 다정함이란, 단순히 사전에 나오는 정이 많음이나 타인을 위한 다정함이 아니라는 생각이 들었다. 어느 날에는 불친절하고, 어느 날에는 잔혹해 보이지만, 분명 나를 위한 선택일지도 모른다는.

우리는 살면서 꽤 많은 시간을 타인의 시선 속에 보낸다. 온전히 나의 시선 안에서 살 수 있는 날은 생각보다 많지 않다. 요즘 자주 꺼내 보는 논어에 이런 사자성어가 있다.

從吾所好 종오소호

내가 좋아하는 것을 좋아서 한다는 의미다. 2500년 전에 날아든 네 글자 앞에서 나는 '나답게 다정하게'라는 말은 결국, 그 누구도 아닌 내가 좋아하는 것을 먼저 생각하고, 그 길을 위해 당당한 선택을 하며, 그 결과 역시 받아들이는 것이라는 결론에 이르렀다.

내가 선택한 오늘이 심하게 출렁거릴 때마다, 위험천만했던 타국의 기억이 생각나는 건, 어쩌면 그 순간이 가장 나다웠기 때문일지도 모른다.

가장 불안했고, 상처투성이였으며, 위험천만했지만 또 그렇게 다시 일어날 힘이 되어 준 시간. 우리에게는 나 자신을 바라볼 시간이 절대적으로 필요하다.

매일을 문장으로 남기면서 보내도 좋고, 홀로 여행을 떠나거나, 내가 좋아하는 책이나 영화 속으로 탈출해도 좋다. 나와 만날 수 있는 시간을, 나만의 비상구를 꼭 찾기를 권해 본다. 그 시간은 분명 나를 다시 일으켜 줄 힘이 되어 줄 것이다. 그리고 다정한 빛 속으로 나의 삶을 이끌어 줄 것이다.

가만히, 조금씩, 나답게, 다정한 오늘을 만들어 줄 것이다.

009

작심삼일 계획표

겨울이 시작되면 떠오르는 친구가 있다. 유치원부터 초등학교 2학년까지. 내 뒤를 졸졸 쫓아다니며 말동무를 자처했던 녀석. "어른이 되면 너랑 꼭 결혼할 거야."라고 호언장담하던 녀석. 분명 귀찮았지만, 또 그만큼 마음이 통했던 어린 시절 내 유일한 친구.

부모님도 함께 친했던 터라, 반년 정도를 한 담장 아래에서 함께 살았다. 어떤 이유에서인지는 정확하게 생각나지 않지만, 관사에서 생활하던 그 녀석의 별채에 우리가 잠시 살게 되었던 것이다.

서해 바다를 따라 방조제를 건설하는 일을 하셨던 아빠는 2~3년 단위로 전근을 다니셔야 했고, 우리 가족 역시 이사와 이별에 익숙해져야 했다. 낯을 심하게 가렸던 나는 어린 시절의 대부분을 물과 기름처럼, 또래 친구들과 어울리지 못해 이방인으로 자랐다. 그래서 어쩌면 그 친구가 특별하게 기억되는 것일지도 모른다.

시골 깊숙이 자리했던 관사에서의 여름과 겨울, 여름방학부터 겨울방학까지. 그 계절이 나에게 꽤 소중하고 특별하게 남아 있다.

그 기억 속에는 잠자리가 날아다니고, 개구리가 뛰어다니는 어느 시골 마을이, 작은 다리 너머로 이어지는 수풀 속으로 들어가 이름 모를 꽃잎을 따먹으며 행복해하던 8살의 꼬마가 있다.

그 관사 안에는 특별한 공간이 있었는데, 어른들이 우리에게 선물해 준 '방학'의 방이라는 공간이었다. 평소에는 창고로 쓰이며 잠겨 있던 방이, 방학이 되면 열렸다. 넓은 창과 맞닿은 창가 자리를 차지하기 위해서 두 꼬마는 꽤 진심이었다. 하지만 먼저 그 방에 들어가기 위해서는 꼭 필요한 열쇠가 있었으니, 그것이 바로 방학 계획표였다.

컴퍼스를 꺼내 큰 동그라미를 그린다. 8시 기상, 밥 먹고 방학 숙제, 오후 내내 신나게 뛰어놀기… 아침에 일어나 저녁

잠자리에 들기까지의 계획.

어른들은 짓궂게도 "이 녀석들, 이 계획 안 지키면 이 방에서 못 나온다."라며 엄포를 놓기도 하셨지만, 그 계획이 잘 지켜지지 않을 것이라는 것은 어른들도, 꼬마들도 잘 알고 있었다. 하지만 생각해 보면, 방학의 방으로 들어가기 위해, 몇 날 며칠을 고심해서 계획표를 만들어야만 했던 그 시간이 참 특별했다.

참 이상한 건, 오래된 기억임에도 그 당시의 기억은 꽤 또렷하다는 것이다. 그 시절 속의 냄새는 강렬했고, 계절의 소리는 분주했으며, 매일의 감정들은 찬란했다. 아마 그 시간의 순간순간들이 기억 깊숙이 각인된 것 같다.

두 번의 방학을 끝으로, 우리 가족은 다시 이사를 해야 했고, 그 친구를 떠나 새로운 도시로 이사를 했다. 하지만 생각보다 오래도록 여름과 겨울이 되면 그 친구와 그 계절이 그리웠다.

지금도 새해가 되면 어김없이 계획표를 만든다. '방학의 방'으로 들어가기 위해 고심하는 8살짜리 꼬마처럼. 분명 그 계획의 대부분이 틀어질 테고, 지켜지지 않을 것이며, 잊혀지기도 하겠지만. '까짓 거, 작심삼일의 계획이면 어때.'라며 매순간이 진심이기를 바라는 마음을 담아.

"우리가 힘을 얻는 곳은 언제나 글 쓰는 행위 자체에 있다."
글쓰기 전도사로 유명한 작가 나탈리 골드버그의 말이다. 어쩌면 나 역시 그러할지도 모르겠다. 분명 3일로 끝나버릴 계획임을 알지만, 그것들을 생각하고 채워나가는 행위 자체로 일 년을 버텨낼 힘을 끌어모으고 있는 중일지도 모르겠다.

많은 사람들이 그러하겠지만, 지난 시간은 얻는 것보다 잃는 것이 더 많았다. 많이 아팠고, 많이 상처받았으며, 많이 내려놓아야 했던 시간이었다. '무엇을 할 수 있을까'보다 무엇을 하면 안 되는지를 더 많이 배웠던 시간이었다. 하지만 그럼에도 분명한 건, '할 수 없는 것'과 '할 수 있는 것'을 명확하게 구분하게 만들어 준 시간이기도 했다는 것이다.

매일의 숙제들이, 차가운 마음의 벽을 만들수록 울림이 되어주는 것들을 발견하게 되는 날이 많았다. 그것들은 앞으로의 시간을 조금 더 분주하게 보내고 싶은 이유를 만들어 주었다. 분명 작심삼일로 끝나는 수많은 계획들이 난무하겠지만 그럼에도 잃고 있던 기본을 충실하게 다시 세우는 시간이고 싶다. 먼 미래의 어느 날, 오늘의 시간을 다시 꺼내도 또렷하게 기억되는 시간이었으면 한다. 8살의 기억이 그랬듯이. 오늘의 시간을 당연하지 않게 보내고 싶다. 그리고 말해 주고 싶다.

지금이 아니면 시작할 수 없다.
그러니 지난 시간 때문에 머뭇거릴 이유도 없다.
머뭇거릴 이유를 찾느라 오늘을 보낼 필요도 없다.

010

슬럼프 그리고 문장

— 살면서 후회가 되지 않는 시간은 없었다.

점점 후회가 늘어간다. 후회가 되지 않는 순간이 없을 정도로. 완전하지도, 온전하지도 못했던 시간 속에 나를 괴롭히는 시간이 늘어갔다. 깨끗하지 않은 그릇에 담긴 물과 같이, 내 마음도 점점 탁해져만 갔다. 결국 마음을 터놓을 수 있는 사람은 줄어들었고, 누군가에게 좋은 친구가 되어 주지도 못했다.

지난 시간에 대한 아쉬움과 얄팍해지는 인간관계 속에서 나는 결국 주저앉아 울게 되는 날이 많았다. 좋은 사람도, 좋은 친구도, 좋은 딸도, 좋은 연인도 될 수 없음을 알았을 때 멈추지 않는 눈물을 닦을 여력도 남아 있지 않았다. 나는 그렇게 내 자신을 괴롭히는 '꼰대'가 되어 갔다.

— 그럼에도 후회가 변명이 되면 안 되는 이유

점점 보고 싶은 것만 보고, 믿고 싶은 것만 믿게 됐다. 그렇게 보고 믿게 된 것들은 단단한 마음의 벽을 만들었다. 마음의 벽이 높아지면 높아질수록 마음에 모서리가 생겼다. 날카로워진 마음의 모서리는 수많은 변명을 만들어 냈다.

'나는 잘하고 싶었는데, 그 친구가…', '나는 잘 지내고 싶었는데, 그 사람이…' 늘어나는 변명만큼 아무것도 할 수 없는 날이 많아졌다. 내가 가진 문제들을 다른 사람들에게 돌리자 인생 자체가 통제 불능 상태가 되었다. 하루가 다르게 늘어나는 문제들은 쌓여갔지만, 풀고자 하는 의욕도 생각도 없었다. 그렇게 눈덩이처럼 불어난 문제들은 결국 내 스스로를 슬럼프의 늪 속으로 던져 버렸다. 생각보다 답은 간단했다. 문제는 나였다.

끊임없이 후회하고, 변명하며, 나 자신을 속이는 일은 세상에서 가장 쉬운 일일지도 모른다. 하지만 나의 문제점들은 영원히 해결되지 않을 것이다.

고대 그리스 로마의 철학자 에픽테토스는 "인간이 어떤 존재인지 보여 주는 건 그가 처한 상황들이다."라고 말했다. 하지만 이 말은, 그 사람이 처한 상황을 보기보다 그 상황을 '어떻게' 극복해 나아가느냐를 말하는 것이다. 처음에는 어렵고 이해할 수 없는 문장이 슬럼프에 빠진 나에게 크게 다가왔다. 후회와 자기 연민에 빠진 나에게, 한 줄기 빛과 같은 문장이었다.

우리는 분명 완전하지 못한 모습으로 살고 있다. 수많은 삶의 숙제들과 하루가 다르게 어렵기만 한 인간관계 속에서 살아내야 한다. 그럼에도 불구하고 우리가 우리 삶의 주인이 되고, 우리 스스로 삶을 사랑하려면, 우리가 어떤 선택을 하느냐에 달린 것 같다. 모든 문제의 원인을 밖에서 찾는 건 쉽지만, 삶을 위태롭게 만들지도 모른다. 내가 가진 문제점을 내 안에서 찾는 것에서 출발한다면, 삶이 나를 제아무리 흔들어대도 버틸 수 있는 마음의 식스팩을 얻을 수 있다.

쉬운 일은 아니다. 건강을 위해 매일 운동을 해야 하는 것만큼이나 어려운 문제이다. 하지만 분명 운동을 하는 시간이 늘어갈수록 건강한 삶을 살 수 있는 것처럼, 나 자신의 마음을 제대로 통제할 수 있는 힘을 기르는 것은, 운동만큼이나 우리의 마음을 단단하게, 유연하게, 윤택하게 만들어 줄 것이다.

그리고 희망해 본다. 그런 마음이 쌓여 어제의 시간을, 그리고 오늘의 시간을, 내일의 시간을 후회로 물들이지 않기를. 뚜벅뚜벅 조금씩이라도 앞으로 나아가기를 소망한다.

011

MBTI가 나라고?

"너는 MBTI가 뭐야?"

"MBTI?"

생소한 용어에 반문했던 나는, 몇 해 전에도 누군가에게 같은 질문을 받았던 기억이 났다. 조금은 낯설고, 입에 붙지 않는 용어여서였는지, 그렇게 또 잊고 있었다. 그리고 몇 주 후, 업무 미팅을 하는데, 또 잊고 있던 질문이 날아들었다.

"근데 작가님은 MBTI가 어떻게 되세요?" 그렇게 다섯 번 정도의 질문을 받았을 때, MBTI 성향 테스트를 받아봐야겠다는 생각이 들었다.

— 누군가 나를 알아주기를 바라는 마음일지도

생각해 보면, 말만 달라졌을 뿐이지 자신의 성향을 알고자 하는 테스트는 매 세대에 존재했다. 10대 때는 친구들과 재미로 보는 심리 테스트로, 20대 때는 취업 과정에서 경험하게 되는 여러 유형의 직무 테스트가 내 인생 안에 존재했다.

이 문장을 이 글에 쓰는 것이 맞는지는 모르겠지만, 문득 이 글을 준비하는 중에 읽은 이 문장에 자꾸만 마음이 갔다.

"해마다 꽃은 그대로건만, 해마다 사람은 달라지네." (연년세세화상사 세세년년인부동 年年歲歲花相似 歲歲年年人不同)

당나라 시인 송지문의 시 「유소사」에 나오는 유명한 시구이다. 이 글은 원래 시인으로 알려진 송지문의 사위의 글인데, 이 글이 탐난 송지문이 이 문장을 자신에게 달라고 사위를 재촉한다. 하지만 사위가 자신의 말을 들어주지 않자 결국 사위를 죽이고 이 문장을 빼앗아 자신의 글로 삼았다고 한다.

"MBTI"를 주제로 글을 쓰면서 왜 이 문장 앞에 서성이게 되었을까. 아마 글을 준비하면서 읽은 몇몇 기사들이 마음에 걸려서일지도 모르겠다.

친구들에게 MBTI를 거짓으로 꾸며 말하는 사람들이 늘었다거나 어느 기업 면접장 혹은 이력서에 MBTI가 꼭 필요하다거나 어느 MBTI 유형을 기업에서 선호한다거나.

물론 MBTI를 부정적으로 생각하는 것은 아니다. 앞에서도 말했듯이 내 인생에도, 나를 알고자 했던 수많은 테스트들이 존재했다. 다만 조금은 안쓰러운 생각이 들었을 뿐이다.

어떤 MBTI 유형이 좋다거나 어떤 유형은 문제가 있다거나 하는 식의 시선이 조금은 마음에 걸렸을 뿐이다.

우리는 너무도 잘 알고 있다. "나"라는 존재를 정의할 만한 말이 딱 한 단어로 끝나지 않는다는 것을. 상황에 따라 나는 외향적인 사람이기도 하지만, 또 어떤 상황에서는 내성적인 사람이 되기도 한다.

어느 날에는 많은 사람을 만나며 힘을 얻기도 하지만, 또 어느 날에는 혼자 있는 시간을 즐기며 마음을 충전하기도 한다. 하지만 MBTI 속에서 '나'라는 사람을 정의하는 것은 다른 말을 하고 있다.

꼭 MBTI가 아니더라도, 나는 당신이, 조금은 당당해졌으면 좋겠다. 그리고 나 자신으로 살아가는 오늘이 행복했으면 좋겠다. 무엇 무엇으로 정의되는 말에 섣불리 자신을 재단하거나 잘못되었다 생각하지 않으면 좋겠다. 나에게 주어진 단점이, 그리고 장점이 그 주제 안에서만 머물지 않았으면 좋겠다.

살면서 내가 알게 된 것은, 나쁜 점이 꼭 나쁘게만 그치지 않고, 좋은 점이 좋게만 남지 않는다는 것이다. 물론 이 글을 읽는 당신은, 나보다 훨씬 멋지고 현명하며 지혜롭다는 것을 안다. 그럼에도 나의 보잘것없는 시선이, 조금이나마 당신에게 말해 주고 싶은 것은, "당신은 꽤 괜찮은 사람이다."라는 말이다. 그리고 나에게 주어진 인생의 기준이나 잣대를 넘어 무엇이든지 할 수 있다는 말도 해 주고 싶다. 마지막으로 고대 인도 경전 「베다」의 한 구절을 덧붙일까 한다.

"당신이 보는 것이 곧 당신 자신이다."

012

타인은 지옥이다?

∞∞∞∞∞

'타인은 지옥이다.' 처음, 이 문장을 발견했을 때 묘한 안도감이 들었다. 그동안 풀리지 않던 인생의 문제가 풀린 기분이랄까. 답을 찾았다고는 했지만, 그렇다고 문제가 완벽하게 해결된 것은 아니었다.

인생은
사람 덕분에 행복하기도 하지만,
사람 때문에 무너지기도 하는 것이라.

처음을 떠올려 본다. 사람 덕분에 행복했던 순간과 사람 때문에 무너졌던 처음의 기억. 분명 많은 사람과 관계를 맺고 이

기심과 오만, 시샘과 무례함 때문에 상처를 받고 한없이 무너져야만 했던 시간들. 그렇게 알게 됐다. 상처의 시작도, 수없이 맺고 끊어졌던 인연의 이름들도 더 이상 떠오르지 않는다는 것을. 다행이다 싶었지만 참 쓸쓸한 일이었다.

숱하게 무너져 나를 끝없이 갉아먹는 시간이었을 텐데. 시간의 힘 앞에 이렇게 굴복하게 되다니, 분한 생각마저 들었다.

많은 사람들이 묻는다. 숱한 인간관계 속에 처한 자신의 고독과 절망을. 그것은 사랑의 이름으로, 우정의 이름으로, 동료의 이름으로, 상사의 이름으로, 간혹 가족의 이름으로 찾아온다. 틀어지고, 엉클어져 도저히 알아볼 수 없을 정도로 혼돈에 빠진 관계들.

두 사람이 하나의 벽을 사이에 두고 서 있다. 두 사람은 손잡이가 없는 문 앞에 서서 망연자실한 채 문을 바라본다. 분명 쉽게 들어온 문인데, 들어오고 보니 막상 출구가 되어 줄 문의 손잡이가 보이지 않는다.

손잡이가 보이지 않는 문. 자신의 처지를 알게 된 사람은 문을 두드리고, 또 두드리며 애원하고, 손잡이를 찾는데 열중한다. 그 시간이 길어지면 길어질수록 손끝은 나무에 긁히고,

찢어져 상처를 낸다. 손잡이가 없는 문 앞에서 손잡이를 찾는 사람들. 나는 인간관계를 생각하면, 이런 장면이 떠오른다.

사실 문의 손잡이는 없는 게 아니다. 단지 보이지 않거나 발견하지 못하는 것뿐. 문의 손잡이의 존재를 처음부터 명확하게 알고 있거나 찾게 되는 사람이, 인간관계에서 소위 주도권이라 불리는 권력을 쥐게 된다. 나는 언젠가부터 사람을 만나며, 세 가지를 생각한다.

첫째, 상대방에게 절대 기대하지 않을 것.
둘째, 상대방에게 나를 해칠 수 있는 권력을 주지 않을 것.
셋째, 상대방에게 상처받지 않을 것이라는 희망은 버릴 것.

이렇게 생각하자, 어렵기만 했던 인간관계가 어느 정도는 감당할 수 있는 영역이 되었다. 프랑스의 철학자 장 폴 사르트르의 말처럼 "타인"은 분명 "지옥"일 수 있다. 분명 인간관계를 명확하게 보여 준 문장은 나에게 묘한 안도감을 주었지만 해결점까지 주지는 못했다.

"이봐. 철학자 양반, 그래서 빠져나갈 방법은?" 답을 알 수 없는 수많은 관계 속에서 처절하게 상처를 주고받으며 깨달은 점이 있다면, 더 이상 그 지옥에 앉아 손잡이도 없는 문 앞에서 한없이 무너지고 싶지는 않다는 것이다.

'왜 하필 나에게만 이런 상처를 주느냐'며 타인을 탓하고 싶지도 않았다. 어느 순간부터는 지나간 인연, 지나간 것에 대해서는 더 이상 깊게 생각하지 않기로 했다. 말 그대로 사람들 틈에서 정신을 바짝 차리기로 했다. 문의 손잡이가 무엇엔가 가려져 보이지 않게 되는 일이 없도록. 언제든지 그 문을 열고 나올 수 있도록. 나만의 타이밍으로. 언젠가 생각나지도 않을 사람들 때문에 내 인생을 허비하게 내버려두지 말자.

타인이 지옥의 모습으로 올지라도. 그 지옥도 언젠가 잊혀지리라는 것을 우리는 잘 알고 있다. 그러니 무너지지만 말자. 잊혀질 이름 때문에 자신을 갉아먹지도 말자. 타인은 분명 지옥이지만, 낙원이 되어 주기도 한다.

013

어차피 한 번은 이별

사실 나는 겨울을 그리 좋아하지 않았다. 누군가 좋아하는 계절을 물으면, 당연히 봄이라고 답했다. 생각이 달라진 것은, 2018년 겨울부터다.

몸이 너무 아파, 아무것도 할 수 없었던 그 시절의 겨울은 나에게 특별했다. O.헨리의 「마지막 잎새」속 무명의 화가 존시처럼, 나에게 그 겨울은 고통스러웠지만 또 그만큼 찬란했다.

평창에서 동계 올림픽이 열렸던 그 겨울. 친구는 수술을 앞둔 나를 차에 태우고 평창으로 향했다. 서로 말을 하진 않았지만, 마지막일지도 모르는 시간을 조금 더 특별하게 보내고 싶었던 것이다.

알 수 없는 여러 이름의 공포들에 짓눌렸던 시간, 기다리는 시간이 고통으로 얼룩져 더 병들고 아팠던 시간. 그때는 몰랐다. 4년 후 다시 동계 올림픽 소식을 들을 수 있을 것이라는 사실을. 하지만 그때 그것을 미리 알았더라면 나는 지금 알고 있는 것들을 알지 못하리라.

바쁘고 요란하게 달리던 기차가 작은 간이역에 멈춰 섰다. 다음 역으로 이어지는 철길이 보이지 않았기 때문이다. 그렇게 멈춰선 기차가 나였다. 쉴 새 없이 사력을 다해 울퉁불퉁한 철길을 달리고, 어두운 터널을 지났다고 생각했을 때, 결국 철길이 끊겨 더 이상 달릴 수 없는 기차 신세가 되어 버린 기분이었다.

'더 이상의 철길은 너에게 주어지지 않아'라며 마지막 통지를 받은 기차처럼 나의 시간도 멈춘 듯 했다. 그랬다. 그 시절은 모든 것이 멈춘 듯 했다.

그 어떤 응원도 귀에 들어오지 않았고, 그 어떤 위로도 받아들일 수 없었다. 그러다 마음을 바꾸기로 한 것은 아주 사소한 문장 때문이다. 하루하루 불안과 공포에, 피폐해져 가는 나를, 정호승 시인의 책 「내 인생에 힘이 되어 준 한마디」의 문장들이 일으켜 세웠다. 그리고 나는 그 문장들에 이렇게 답했다.

어차피 한 번은 작별해야 하는 것이 인생 아니겠는가.
백 년을 산다 해도, 천 년을, 아니 만 년을 산다 해도,
한 번은, 꼭 한 번은 작별을 해야 하는 시간이 온다.

그렇게 마음을 먹자, 생각보다 많은 것이 달리 보이기 시작했다. 쉬이 지나칠 수 있는 모든 것들이 감사와 감탄일 수 있다는 것을 아픔의 대가로 알게 된 것이다.

수술 전 피검사를 위해 많은 피를 뽑느라 겁먹은 나에게 괜찮다며 농담을 건네 준 검사실 직원의 미소가, 입원 내내 간호사가 붙여 준 뽀로로 반창고가, 입원실에서 만나 기도를 해주신 어느 수녀님의 따스한 온기가, 갑작스런 수술 소식에도 놀란 기색도 없이 묵묵히 내 손을 잡아 준 엄마가, 아픈 내내 나의 모든 투정을 받아 준 나의 연인이, 사랑 넘치는 편지를 써 준 조카의 웃음이 나에게 얼마나 소중하고 특별했는지.

그리고 이제는 잘 안다. 그 순간은 운 좋게 잘 넘겼지만, 언젠

가 또 그런 시간이 찾아올 거란 것을. 그때의 그 시간이 나에게 알려준 것이 단순히 작은 것에 감사하는 마음에만 있지는 않을 것이다.

우리가 철학을 공부해야 하는 이유는, '같은 비극을 되풀이하지 않기 위해서다.'라는 글을 읽은 적이 있다. 분명 고통은, 멈춤의 시간은 누구에게나 찾아온다. 넓고 푸른 초원의 철길을 달리던 기차도 언젠가는 철길의 끝에 다다른다.

4년이라는 시간이 흘러 잊고 있던 그 시절의 나는 같은 비극을 되풀이하지 말라고 조언한다. 오늘 발견한 문장이, 글에만 머물지 않고 제법 괜찮은 사람이 되기를. 그래서 먼 어느 날, 나의 시간이 멈출 때 그 무엇 하나 후회하지 않기를. 누군가에게 소박하지만 제법 괜찮은 응원을 보낼 수 있는 이로 기억되기를 간절하게 소망한다.

014

안녕, 변명의 시간

가만히 지난해를 뒤돌아본다. 부족함과 연약함이 유독 도드라져 보였던 시간. 그것을 잘 알면서도 행동하지 않았던 시간. 넋을 놓고 다른 사람의 인생이라도 되는 듯 관망했던 시간. 그럼에도 불구하고 매순간 '열심히 살았노라.' 변명했던 시간. 모든 문제를 타인의 탓으로 치부했던 시간.

지난 시간을 돌아보고, 되새기면 되새길수록 형언할 수 없는 실망감과 부끄러움이 몰려왔다.

우리는 일상을 가리켜, '다람쥐 쳇바퀴 돌 듯 살아간다.'고 한다. 어쩌면 쳇바퀴 돌 듯 반복되어 살아가는 일상을 당연하게 받아들이고, 쳇바퀴 속에서 제자리걸음을 하고 있는 다람쥐의 삶을 자처하고 있는지도 모르겠다 싶었다.

생각해 보면, 그랬다. 아침 출근길 매일 가는 길 하나 바꿀 생각을 하지 못했고, 시간이 생길 때마다 들여다보는 SNS와 거리두기도 늘 실패했다.

일상이 당연해지자, 조심스레 협상을 하고 살아갔다. '오늘은 여기까지만', '안 되면 내일하면 되지.' 그렇게 작은 협상들이 모이자, 많은 다짐들이 작심삼일로 끝났고, 나의 정체성을 잊게 됐다.
내가 정말 좋아하는 것이 무엇인지, 내가 정말 하고 싶었던 일이 무엇인지, 어린 시절 꿈꾸던 삶과 하고 싶었던 많은 것들이 오히려 어른이 되자 희미해져 갔다.

새로운 달력을 다시 들여다본다. 무엇을 해야 할까? 무엇을 할 수 있을까? 올해는 다짐을 생략하기로 했다.
책상 위 달력은 없앴고, 다이어리도 바꾸지 않기로 했다. 올해의 딱 하나의 다짐이 있다면, 하지 말아야 하는 것을 하지 않는 것이다. 매번 당연하다 생각했던 일상을 바꾸는 것이다.
한없이 부족하고, 도드라졌던 연약함을 채워나가는 것이다.

자칫 그것들이 삶의 변명으로 남지 않도록.

이미 답은 나에게 있다. 지난 시간의 숱한 시련과 수많은 후회 속에서 무엇을 바꾸어야 하고, 무엇을 하지 말아야 하는지를 이미 잘 알고 있다. 원하든, 원하지 않든 매일 우리에게는 새로운 시간이 열리고, 그 시간을 살아내야 한다.

그렇게 찍은 하루의 작은 점들이 모여 일 년 후 나의 모습이될 것이다. 새롭게 받아든 365일을 무엇으로 채울지는 오롯이 나 자신의 몫이다. 무거운 숙제 앞에서 발견한 시, 윌리엄 어니스트 헨리의 인빅터스Invictus로 글을 마무리할까 한다. 이 시는 27년간 억울하게 감옥에 갇혀 절망에 허덕였던 넬슨 만델라를 온전하게 붙잡아 준 문장이다.

나를 덮고 있는 밤,
온 세상이 칠흑같이 어두운 이 밤에
나는 신들에게 감사한다.
무너뜨릴 수 없는 영혼을 주신 데 대해.

현실에 포악하게 붙들려도

나는 움찔하거나 소리 내어 울지 않았다.

몽둥이로 내려치는 위협 속에서도

내 머리는 피투성이가 될지언정 굽히지 않는다.

이 분노와 눈물의 땅 너머로는

어둠의 공포만이 보이지만,

오랜 세월의 위협에도

나는 두려워하지 않을 것이다.

문이 아무리 좁더라도,

그 길이 형벌로 가득 차 있을지라도 상관없다.

내가 내 운명의 주인이고

내가 내 영혼의 선장이다.

빈 마음으로 살았구나

일찌감치 잠을 청해도 잠이 오지 않던 밤이었다. 습관적으로 유튜브를 켜고, 그 공간에서 하릴없이 시간을 보내던 중, 발견한 영상 하나가 마음에 파문을 일으켰다.

이 글을 쓰기에 앞서, 이 글은 특정 종교를 전도하거나 특정 종교를 찬양하는 글이 아님을 말하고 싶다. 단지 이 글은 차디차게 얼어붙은 한 사람의 마음 이야기일 뿐이다.

"예, 여기 있습니다."

영상 속에서 젊은 청년들이 사제가 되기 위해, 응답한다. 그런데 이상한 일이었다. 젊은 사제들의 힘찬 응답이, 마음속 깊숙이 숨겨둔 방을 열어 기억 하나를 봉인 해제했으니 말이다. 유난히 바쁜 시절이었다. 매일 혹은 한 주에 한 번, 또는 한 달에 한 번 찾아오는 마감 앞에 주저하거나 여유를 부릴 틈이 없었다. 사람을 만나고 글을 쓰고, 마감을 하고, 다시 사람을 만나고, 그렇게 몇 년을 살다보니 아무리 유명한 사람을 만나 일을 해도 별다른 감흥이 없었다. 한 마디로 감정이 없는 기계가 된 셈이다.

그 즈음이었다. '길상사'라는 절에서, 차 한 잔을 앞에 두고 한 스님과 오래 이야기를 나누었다. "지쳐 보이는데, 그냥 편하게 차 한 잔 하고 가소."

따스한 차의 온기가 온 몸으로 퍼질 즈음, 절 처마에서 흔들리는 풍경 소리가 마음을 흔들어 댔다. '난 참, 빈 마음으로 살고 있구나.' 마음을 들킨 기분이었다. 스님과 이야기를 나누면 나눌수록 텅텅 비어 있는 마음이 안쓰럽게 느껴졌다.

그리고 지금의 마음 역시, 그 시절의 마음과 다르지 않다는 것을 알게 되었다. 마음속 깊숙이 숨겨둔 기억이, 결국 참지 못하고 나에게 이렇게 말했다.

'넌 여전히 빈 마음으로 살고 있구나!' 한 해, 한 해, 참 착실하게도 나이를 먹지만, 또 그만큼 채워가지 못한다는 생각이 든다.

끊임없이 자신을 믿으라 하지만, 정작 믿지 못하고,
끊임없이 자신을 사랑하라 하지만, 정작 사랑하지 못한다.

믿음, 그것은 무엇일까? 그것은 분명 종교만의 단어는 아닐 것이다. 삶은 지치지도 않고, 우리를 시험에 들게 한다. 삶이 심술궂어 보이면 보일수록 마음은 얇디얇아지고 가볍디가벼워진다.

믿음은 삶이라는 흙 위에, 뿌리를 내리는 것과 같다는 생각이 들었다. 그 뿌리가 단단하면 단단할수록 또 그만큼 단단한 사람이 되는 것이다. 사람 틈에서 상처받고, 삶 속에서 지쳐간다는 핑계로, 빈 마음으로 살아간다는 건, 겉으로 보기엔 멀쩡해 보여도 흙 위에 뿌리 없이 서 있는 나무와 같다.

"예, 여기 있습니다." 그 대답 앞에서 숙연해졌던 이유는, 그 대답이 참 단단하게 느껴졌기 때문이다. 그리고 나 역시 빈 마음이 아닌, 단단한 마음으로 살고 싶어졌다.

삶이 제아무리 마음을 흔들고, 짓밟으려 해도 단단하게 살고 싶어졌다. 기계와 같은 마음으로 찾아간 나에게 차 한 잔을 건네며, 빈 마음을 채워 준 스님의 온기와 같이. 정작 나 자신을 믿을 수 없을 때, 정작 나 자신을 사랑할 수 없을 때, 그 빈 마음을 채워주는 이가 되고 싶다. 그리고 그 마음을 나누며 살고 싶다.

이제 봄이 오려 한다. 우리의 마음에도 자연스레 봄이 깃들 것이라 믿는다. 그리고 겨우내 온전히 견디어 준 당신께 법정 스님의 글을 바친다.

"오늘 하루도 우리들은 용하게 살아남았군요." 하고 인사를 나누고 싶다. 살아남은 자가 영하의 추위에도 죽지 않고 살아남은 화목에 거름을 묻어 준다. 우리는 모두가 똑같이 살아남은 자들이다.

법정, 「무소유」 중에서

5장

계절의 위로

"반드시 살아낼 거야"

지난 계절, 매일 유서를 쓰는 심정으로 살았다. 그럼에도 그렇게 버텨낸 지난 계절 속에서 입버릇처럼 다짐했다. '그래 살자.' 마음 하나 가누지 못해 쓰러지는 날이 많아도, 그 상처가 뭐라고 또 그렇게 무너지는 날이 많아도. 매번 다짐에 다짐을 더했다.

달의 응원

◇◇◇◇◇◇◇◇◇

새로운 달이 시작되었습니다.
그리고 저는 또 새로운 응원을 보냅니다.
어쩌면 너무 흔한 말이었을지도 모릅니다.
그래도 그 마음이 가닿았으면 좋겠습니다.

"당신을 응원합니다."
"당신을 믿습니다."

너무도 흔하고 가벼운 말일지도 모르지만,
"당신이 행복했으면 좋겠습니다."
아주 많이, 무엇보다 확실하게!

아파 본 사람만 알게 되는 것

oooooooooo

오랜 아픔 끝에야 알게 된 것이 있다.

삶 속 아픔은 여러 형태로 온다. 아픔은 마음으로 스며들기도
하고, 몸을 파고들어 삶을 위협하기도 한다. 아이러니하게도
삶의 위트는 그때부터 시작된다. 몸이든 마음이든 오래 아파
본 사람만 알게 되는 것들이 있다.

의외로 세상은
아무것도 할 수 없다고 생각할 때,
답을 보여 준다.

그 마음을 버려요

단 한 시간을 살아도,
불안한 마음으로 살고 싶진 않다.

불안은 마음에 해를 가린다.
해가 사라진 마음은 온통 냉기로 가득하다.

그럼에도 그 냉기를 쉽게 내몰아내지 못하는 건,
불안에 길들여져 버린 온기 잃은 마음 때문이다.

사랑하기만 하자

생각보다 더 짧을 수 있다.
나에게 주어진 시간이.

그러니 오늘이라는 시간 속에
나를 사랑하자.

사랑하기만 하자.

그렇게 기억되고 싶다

넉넉하지는 않아도
누군가의 마음을 헤아릴 줄 아는 이가 되고 싶다.

친구가 되지는 못해도
가끔 안부를 묻고 싶은 이가 되고 싶다.

온전한 위로를 건넬 수는 없어도
진심을 다하는 이가 되고 싶다.

나는 분명 부족한 사람이지만
소란하지 않고 고요하며 휴식과 같은 사람이 되고 싶다.

하면서 살자

할 수 있다면
해도 된다면
하고 싶은 일은
하면서 살자.

이름도 없는 마음

더 사랑해서 아팠고,
더 믿었기에 아팠고,

더 아팠기에 잊었다.

그 마음에는 미련도,
미련에 붙일 이름도 없었다.

죽어야 할 이유가 수두룩해도

세상이 수백의 이유를 내밀며
삶을 사지로 내몰아도
한 가지 이유로 살아야 하는 게 삶이다.

끝도 없이 무너지는 날에는

◇◇◇◇◇◇◇◇◇◇

- 틈틈이 하늘을 올려다본다.
- 아이처럼 펑펑 운다.
- 굳이 애쓰지 않는다.
- 시간의 흐름에 맡긴다.
- 그것이 무엇이든 인정한다.

괜찮다 괜찮다

단 하루쯤은
괜찮다고 아무 일도 아니라고
말해 줘도 괜찮다.

잘 산다는 건

∞∞∞∞∞∞

무엇을 하며 살아야 할지를 생각하기보다
무엇을 하지 말아야 할지를 생각하며
살기로 했다.

삶은 때로 수많은 선택을 강요하며
가야 할 길을 보여 주는 것 같지만,

잘 산다는 건
가지 말아야 할 길을 가지 않는 것일지도.

오늘의 이름

행복 불행
사랑 이별
미움 아픔
처절함 애절함

오늘이 무엇의 이름으로 왔든지
익숙해져야 하는 때가 있다.
인정해야 하는 때가 있다.

보내 줘야 할 때

누군가의 마음을
제대로 알게 된다는 것은
어쩌면 행운이다.

그 마음이 나를 아프게 한다 해도.

인생도 단짠단짠

그거 알아?
어떤 날은 힘든 일보다
그걸 견디고 있는 내가 더 짠한 거.

하지만 그것도 알아.
오늘의 버거움이 아무리 나를 숨막히게 해도
내일은 분명 조금 더 성장해 있을 거라는 것.

015

변명하지 않는다

∞∞∞∞∞∞

한참을 울고 나서야 알게 됐지.
제아무리 노력해도
마음을 얻을 수 없는 사람들이 있다는 걸.

그 사실을 알게 되자.
변명하지 않게 되었다.

변명이 통하지 않는 이들에게는 더더욱.

살고 싶어져

◇◇◇◇◇◇◇◇◇◇

어느 날은 그냥 너와 걷고 싶어서
어떤 날은 따듯한 밥 한 그릇에
또 다른 날은 커피 한 잔을 나누며

살고 싶어진다.

무엇이든 적당히

xxxxxxxxxx

어릴 때 살던 동네에, 몇 백 년 된 은행나무가 있었다. 동네 언덕에 자리했던 그 나무 아래에서 아이들은 모래 장난을 하고, 어르신들은 사는 이야기를 하며 또 다른 새천년을 만들고 있었다.

어느 여름인가 꽤 큰 비가 자주 내리고 태풍이 번갈아오며 시끄러운 계절을 보냈다. 아무도 그 계절의 얄궂은 날씨가 나무의 몇 백 년의 시간을 끊어내리라고는 생각하지 않았다. 하지만 결국 마을 개천을 지탱하던 둑이 무너지고 홍수가 나자 그 나무 역시 뿌리째 뽑히고 말았다.

제아무리 메말라

비를 기다리는 나무라도,

너무 많은 비를 만나면

뿌리째 뽑히게 마련.

나 역시 그랬다. 비 소식을 좋아하지만 회색 구름 아래에서 오랜 시간을 보내다 보면 마음도 잿빛이 됐다. 무엇이든 넘치면 아니 한 바 못하다는 말이, 인생에선 늘 맞았다.

삶은 계속될 테니

신을 믿지만,

신은 늘 희망을 보여 주지 않는다.

희망은 늘 멀리 있거나 존재하지 않은 이야기 같다.

더 이상 삶에서 희망을 발견하지 못한데도

삶은 계속될 테니, 우리는 선택해야 한다.

불안으로 오늘을 살 건지,

희망으로 오늘을 살 건지.

우문우답 愚問愚答

∞∞∞∞∞∞

꽤 자주 답을 정해 두고
질문을 던진다.

그런 마음이야

◦◦◦◦◦◦◦◦◦

뚜벅뚜벅, 길을 걸어 세상으로 나갈 수 있음에
소곤소곤, 누군가와 마음을 나눌 수 있음에

반짝이지 않아도
소란하지 않아도

감사해

울지도 못하는
나에게

어느 날은 이해가 되기도 했지만
어느 날은 오해가 편하기만 했던
그런 계절을 보냈습니다.

떠나고, 떠나보냈던 계절이었습니다.
지우고, 비워야 했던 계절이었습니다.

봄, 여름, 가을, 겨울, 다시 봄, 여름…
반복되고, 또 계속되는 계절 속에서
무너지기도, 무뎌지기도 하며
또다시 새로운 계절을 맞이하고 있는 중입니다.

다음 계절에는 더 무너질지도 모르겠습니다.

하지만 그럼에도 다음 계절에는 더 무뎌지기를 바랍니다.

그리고 무엇보다 견뎌낼 거라 버텨낼 거라 믿습니다.

이렇게 오늘을 살아내고 있으니,

내일도 반드시 그러할 거라 믿습니다.

그리고 당신의 계절도 그러할 거라 믿습니다.

그리고 힘주어 다시 말해 주고 싶습니다.

반드시 피어날 거고

반드시 나아질 거고

반드시 좋아질 거고

반드시 잘될 거라고.

서은글을 만나
삶이 빛이 되었던 순간들

마음으로 써내려 가는 글.

그렇기에 읽다가 마주친 문장에,

마음이 쉬어갈 수 있는 글.

정호

배신 당할지라도

내일은 한 번 더 믿게 만드는 그런 글.

박주형

어쩔 땐 위로됨에 눈물이,

어쩔 땐 약해지던 나에게 힘을,

어쩔 땐 깊은 깨달음을.

영혼을 밝혀 주는 보석보다 소중한 문장들.

jinijiny_

아침마다 서은 작가님 글과 함께
출근합니다.
언제나 힘을 주며
자존감을 높여 주는 글이죠.

pippenbj

힘든 학교생활을
견뎌낼 수 있게 만드는
따뜻한 빛 같은 존재의 글.

강민우

서은 작가님의 글에는 위로의 힘이 있어요.

글을 읽으면 내일은 꼭 괜찮을 것 같거든요.

minsvely__j

저는 항상 불행한 생각을 합니다.

그럴 때마다 서은 작가님의 글을 읽으면

"살고 싶다. 또 이겨내고 싶다"라는

생각이 듭니다.

서상영

잔잔한 호수처럼

마음의 결을 위로해 주는 글.

karen_11.9_2

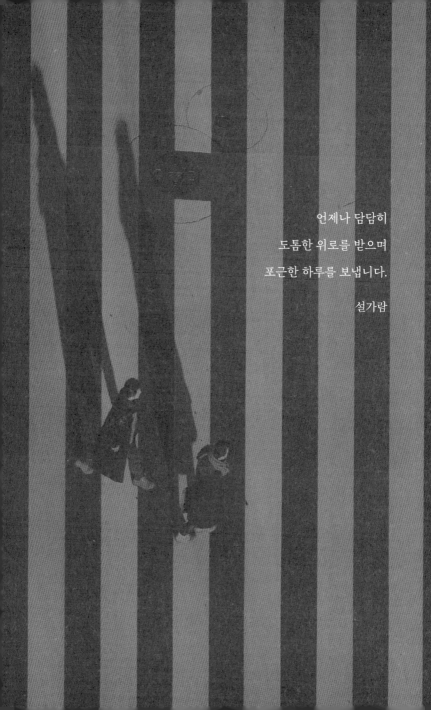

언제나 담담히
도톰한 위로를 받으며
포근한 하루를 보냅니다.

설가람

핸드폰 잠금 화면으로 해놓고 다니는 글.

극복할 업무가 많은 저에게 동기 부여가 되는 글.

elbmu_h9

오늘을 살리는 빛의 문장들
계절의 위로

1판 1쇄 발행 2022년 8월 17일
1판 10쇄 발행 2023년 8월 8일

지은이 서은
펴낸이 안종남

펴낸 곳 지식인하우스
출판등록 2011년 3월 31일 제 2011-000058호
전화 02-6082-1070
팩스 070-7966-0156
전자우편 jsinbook@naver.com
블로그 blog.naver.com/jsinbook
페이스북 facebook.com/jsinbook
인스타그램 @jsinbook_official

ISBN 979-11-90807-20-3 03810

살자. 살아보자. 살아내자.
바람이 부는 날도, 폭풍우가 몰려오는 날도,
우리 다시 힘을 내서 살아보자.

반드시 나은 날이 올 테니,
반드시 좋은 날이 올 테니.